大使先生

九丹 著

第一章

1

我和西班牙大使馬努威爾的情史還是有些色彩的，否則我不會告訴你，不會把你從沉睡的地方喚醒，這不是開玩笑，德尼祿，尤其是當他第一眼看我的時候，那是一連串的連我都無法理解的被陽光穿透的飛行的北京柳絮的顏色，神祕以及行蹤不定。

我當時就意識到了並且之後也得到了他的確認。我們一致認為幸福的人不是家有萬貫的人，而是被惱人的五顏六色繚繞的人。

他無數次把長長的食指豎在嘴唇上，交代我不能把柳絮放出去，一絲也不行，儘管骯髒，令人討厭，但絲絲縷縷都是不同尋常的鑽石，連在巴西和南非都無從買起，一旦放出去，就找不到了，再也無家可歸。但到最後，他知道我只是在跟你講，沒有其他壯舉，也就無所謂了，柳絮逮不住了，那麼就索性在他襯衫裡的豐富多彩的小乳頭上飛行。乳頭是他身體裡迸發出的花蕾，也是鮮豔芬香的果實，也是我吸收糖分的主要來源。

糖分多了就會痛苦。我的舌頭懂得。儘管我的舌頭有點結結巴巴，但是當我跟你訴說時，它是嚴肅的，莊重的，它是玫瑰色的，我的沉重而多情的有幸嘗過各種滋味的舌頭。

三里屯，北街，九號，西班牙大使館，那個尊貴、古老的官邸是他工作和起居的地方，也是我去了很多次的地方，自打他從馬德里到北京上任以來，我那已過了青春期的身體不知羞恥地白天去，黑夜去，春天去，秋天去，每一次這個大使都從裡面風度翩翩地走出來，在站崗哨兵的眼皮底下和我行法式禮儀，然後領著我一起走進使館。當身後的門重重關上時，門裡面究竟會發生什麼，面無表情的哨兵們假裝不知道。

進入了使館的我們被保衛著。使館裡面的一面牆壁上全是他的畫，畫的都是海，以至於他的身上也染有了海潮聲，以至於當我每一次帶著被揉碎的殘妝走出使館時，這聲音猶在耳畔，這聲音比所有那些我聽過的音樂更感人。

是的，他不僅是大使，他還是一位令人心醉神迷的藝術家。

2

德尼祿，也許你認為再一次冒險和膽大妄為已不適合我這樣的年紀，是的，我也是這樣想的，三年前，當我們在一起時，青春尚在，暴風，陽光，雪崩仍然隨時發生，三年後呢？三年後，我並沒有接受教訓，在暗紅色瓦頂的西班牙大使館裡，任由溫馴的馬努威爾輕輕褪下我的牛仔褲，再把雙唇遊移在肌膚之間。我看著這沉醉於雙腿之間的勇敢的頭顱，心想他有多麼多文件要審，成千上百頁的簽證申請在等待他，然而他卻在這執迷不悟，頭抬也不抬，像灌木親吻陽光，樹林懷念下雨，有時這甚至是一種遊戲的關係。有人得出結論，外國人好騙，中國人難騙，儘管中國男人到了歐洲或美國，人一個比一個老實，臉卻一個比一個刷白——刷白，不是因為別的，而是因為幹了一天的活，累的，在國外，在那些上等國家裡，滿大街都不會看到一個中國帥哥。瞧那些臉，不堪生活重負以及西方文化的壓迫，幾乎癱瘓變形，而不像那些老外一來到中國，重獲生機，紅光滿面，脈脈含情，當他們把嘴唇貼在你大腿上時，你還願意對著他的臉看，聽他講英語或是法語，因為聽不太懂，你會認為滿世界的光都集中到了他們的臉上，四處飄散。

而實際上，這些人，在自己的國家裡也規規矩矩，謙卑溫和，可是一來到東方，一踏上東方這塊土地，立刻，胸膛挺高不少，謙卑的目光也沒有了，而輕佻、放縱的神情章魚般舒然綻放。德尼祿，我也不只一次聽到你大聲告訴別人：「我來自義大利的威尼斯。」

你的驕傲仍清晰可見，那熾熱的目光，帶著威尼斯的瘋狂的海風成了你居住在北京的天氣，直到有一天你饑寒交迫，跪倒在冷漠而威嚴的北京大馬路上，你的臉也終於和那幫在海外的中國人一樣，蠟一樣蒼白。

此刻，你已是條死魚，但我仍然願意伏在你的枕邊，像一個罪人為贖自身的罪向你傾訴跟馬努威爾之間的膽顫心驚的情史。膽顫心驚，色彩斑斕，並不全是因為那些超然世外的春天的柳絮以及從牆壁上傳來的海潮的呼救聲。誰也說不清楚我跟他是怎樣在這樣的支離破碎的聲音中支撐著走到今天的。

呼救和支離破碎，那是在他的使館裡面，使館外面是什麼樣子？比起熱鬧的三里屯太古里區域，一到北街，僅僅一個十字路口之隔，這裡立即變得肅穆莊嚴起來，人少了，車少了，馬路兩邊的樹自覺形成拱狀，低低地不能讓全部烈日溜起來，必須篩選和審核。一個又一個使館，一個又一個崗亭，一個又一個哨兵，每個都有自己固定的位置，不能有任何偏差或失誤，更不能守錯地方。要想在這樣的區域裡悄悄撒泡尿是不行的，不能像雨果教導我們的那樣，必要的話，假裝成上等人，跟馬努威爾一樣，目不斜視地停留在馬路上，保證有序，安全和威嚴。

你看，德尼祿，我現在這麼緊張、含蓄地跟你說話，生怕你是個瓷器，被我的話語損傷。提到魚，對了，一條小金魚，當我不在家時，你幾次迢迢地開著你那輛畢生至愛的黑色的摩托車來給牠餵食，你說你尊重任何生命，無論貴賤——

說得多好，好像這不叫謊言，這才是真理。

小金魚存活了一年零四個月，我們在一起的時間有多長，牠就存活了有多長，就在我們分手的那一晚，就在我氣急敗壞地回到家時，牠安靜地沉在瓶底，死了，小小的軀體實在堅持不了了。牠一直在等著這一晚，昏黃的燈光照著我，窗外的風夾著汽車的噪音拂過我的面頰，我還能聞到花園裡的花香，我還記得你如何彎下身子採摘路邊的野花，然後放在我的桌上——那僅僅是幾天前的事情，幾天後，事情發生了，分手了，很血腥，魚也死了。就在那個醉人的春天。

3

面對馬努威爾的臉，我也巧舌講了跟你的開始，也講了不盡如意的結局，對於你在高速公路上有去無回的死訊，他除了說「這太悲傷了」之外什麼也沒表示，更多的是他沉迷在我的聲音裡，感受我的呼吸，一起一伏，他說我總有讓人舒服的語言。彷彿這才是整個故事的真相，他認為只有我的舌頭才有這樣的靈敏度和多彩多姿的善解人意。

每每看著這樣的情景，我都覺得這是我生平裡看到的最帥的男人，好吧，現在就讓我先告訴你這個男人是如何俊美，如何鶴立雞群，如何玉樹臨風，如何讓女人一見傾心，再沒有人比他更帥了——這位西班牙大使馬努威爾先生。

以上那些形容詞作廢，顯得我不負責任或是太沒有想像力和穿透力了，連「玉樹臨風」都出來了，在這裡，我想告訴你，他是一位「攝魄」者。

什麼是「攝魄」，想必你知道那種什麼叫「攝人魂魄」的感覺。大師們在訓練男模或是男演員時，這是其中一個重要項目，那就是眼神要在瞬間俘虜對方的魂魄。

這是一種功力，而他不用訓練，即使他是瞎子，什麼也看不見，黑夜也會為這樣的男人打開大門。

此刻你已惱羞成怒了，渾身憤怒得嗦嗦直抖，鼻子也倉促地皺著，彷彿我對你的胸膛開了炮一樣——因為你認為只有你才是俊男，你才是「攝魄」者，只有你長得和影星羅伯特・德尼祿一樣，有過之而無不及，沒人能取代你，只會有人比你更蠢，是的，長期以來，我一直稱你為德尼祿，臉，胸，胳膊和大腿無不散發出來自太陽的光芒，還有你的笑，像一個開關，咔嚓一聲，整個世界立刻充滿旋轉的無數的金粉，黃燦燦的，落滿全身，甚至直到現在，我也沒有聽過我的大使先生的笑聲，他會不會發出笑聲我都懷疑，最多的一次就是在跟我的一張合影中他露出了所有的牙齒，但仍然沒有聲音，就跟他射精時一樣，咬緊牙關，無聲無息。

雲南有一種蝴蝶，隨時變成乾枯的樹葉，南美有一種植物，人們很難將它同周圍的石頭分辨開，人們把它們稱作仿石植物。還有一些毛毛蟲看上去像樹葉，一些是蛾子看上去像樹皮，為了不被人看見魚類在游經陽光照耀的水面的時候總要改變顏色。

我的臉埋在書本中間，忍住那種油墨的異味，像那些毛毛蟲一樣我變成了一個小說家。儘管我認為文字更讓人無知，鞭子，酷刑，才能讓人感到世界的豐富性和複雜性，但這不能說。不能告訴任何人，因為人們很難相信害與被害以及最終又不得不互相殘害這樣的事實……嗨，說到哪去了，還是說說那個叫馬努威爾的西班牙大使。

第二章

他的名字的英文發音是馬努埃，法語發音是馬努威爾，一字之差，因為至今一本藍色的法國戶口本上有我的名字，牙和舌頭都應該噴法語，芬香撩人的法語像是柔軟的草地，我品嘗它，深吸它的生息，可是真要讓我像一隻野兔在上面馳騁——德尼祿，你又開始要嘲笑我的中國式發音了，是的，我很內疚，這隻野兔總是不斷跌倒，歪歪扭扭，碰碰撞撞——可是在法國人自己身上，也幾乎一人一個口音，法國北方我也不知道，但整個普羅旺斯，大大小小的城鎮鄉村，或是每條大街小巷，說起來講的都是法語，但口音千姿百態，還有許多大舌頭，「je aime la lavande, parce que ca sent bon（我愛薰衣草，因為味道好）」，我雖然講得不地道，或甚是可笑，但我也一樣嘲笑那些大舌頭呢。

「你不單是口音問題，而是結構性破壞。」你這樣揶揄道。

你一個義大利人，講著純正的法語，而且巴黎口音，人們把巴黎口音當作唯一至高標準，這是法律。我問你為什麼法語數字數到69就數不上去了，到了70，變成60加10。71是60加11，數80時，是4個20，90是4個20加10……

你說在過去歷代法國宮廷，人們崇尚69這個形態，快樂和健康更容易顯現，就像是解讀一部作品總得有個什麼痛苦的魂靈。美好，溫柔，和諧是69的主題，當然，從形態上也看出這種互相高聲怒罵。那種事物的對立性顯而易見，你會被6或9迅速遺忘，儘管就在前一秒聲稱永遠依偎。這跟蕭邦的《送葬進行曲》就在他自己的葬禮上演奏一個道理。

我想深諳法語的馬努威爾也會同意這種看法，這是他最喜歡的數字，這是必需的法語，「soixante-neuf」。其他可以用英語來表達自己的看法和成見，以及對一個事物的冷靜敘述。

第三章

1

二〇一三年五月三日，在北京郊區的一個攝影展上，一個矮矮的中國胖子把這個眼睛深邃的西班牙大使帶到了我面前。貓逮老鼠主要是時機，得趕在老鼠回洞之前。

那天我穿著一件紅色開衫，下面是灰色牛仔褲和一雙細高跟紅色皮鞋，看起來隨意，但經過了仔細的斟酌。有些人追求大牌和珠光寶氣，看到我這種低級打扮會吥口水，我承認這身衣服包括鞋，裡裡外外一共加起來也就一千元人民幣，但它們依舊在尋找希望，尋找空氣，尋找呼吸，尋找得到人類細胞再生的時機，不過我手裡的包，當然，昂貴，性感，美輪美奐。

幾乎兩百平米面積的攝影展廳，寥寥幾人，我和我的女友A，攝影者本人，胖子和大使，其他的就是從幾個窗口照射進來的陽光，它們占據了大部分的陰暗疆域。女友A是個美麗的高個模特，但一走下T型台，她又是個小提琴家，她年輕得幾乎就是個玻璃杯，她隨便穿什麼都光彩照人，肌膚，臉，胳膊，大腿，本身就是奢侈品，她還成功地嫁給了一個美國銀行家，一個有錢人。而上了年紀的我，即使拎著再昂貴的包也脫不了廁所的嫌疑。

每次當我遇見一個獵物時，我的眼神，姿勢甚至衣服的顏色，香水的氣味幾乎都是一樣的。那雙濕漉漉的眼睛在明確地分辨，哪種人是受了聖約的恩惠來增加我生活信心的，哪種人是來讓我在一個個扭曲的暗礁間墮落的。

胖子和我的女友A是好朋友，他們在親熱的打招呼，說話，他沒有介紹我跟這個西班牙男人認識。誰也沒有。輕柔的風夾著渴望陣陣吹拂我的面頰。貓有四條腿，九條命，我頂著疼痛的頭皮，走到他面前，把身上紅顏色裡隱藏的某種挑逗傳染給他。

他穿著淡藍色純棉襯衫，下面是一條淺咖色休閒褲。他的頭髮微微捲曲，灰白相間，這給他的相貌徒增一股仙氣。還有他脖子上的黃金項鏈，從脖子一直到毛茸茸的胸脯，激情迫使他注意細節。男性香水味也順著傳過來了。但是項鏈底墜有一個「心」還是一片樹葉我都有些模糊了，分開才這麼長時間，我都已經像他九十二歲的已得了癡呆症的母親那麼恍惚了。但肯定的是底墜旁邊還有兩個暗綠色古玉，我當時想這是誰給他的呢？這除了表達性感和挑逗之外，這無疑還是一個信物，是他的妻子還是別的什麼女人？一陣風飄來，香水味更濃了，那種飄洋過海的老歐洲的西洋味道。

也許，德尼祿你沒有說錯，這種西洋景西洋味，是一些嚮往浪漫的女人的避難所，音樂，繪畫，文學，他們混雜在一起，變成了他們身上的味道，再加上權勢和地位，女人身上的衣扣就雪一樣的溶化掉了，沒了。

還能怎樣呢。

他終於說這牆上的作品「非常特別，很有意思。」

面對他的是一幅黑白色的汽車輪胎的攝影。他沒有看我，我也沒有看他，我們都在看作品。我說是的，這輪齒就是牙齒在吞食時間。

他點頭，同意我的說法：「是的，一只痛苦的輪胎。」

這時，我側過頭，微笑但又冷靜地對他說：「我是作家，小說家，是專門研究痛苦的。」

老鼠在洞裡，長期置於黑暗中，會驚惶不安，躁動，渾身充滿渴望。但現在陽光熱起來了，終於五月份了，貝多芬，莫札特，海德格爾，康定斯基，每一張嘴，都張得大大的，從厚厚的黑暗層裡破土而出，希望出現奇蹟，他們都通過我身上陳舊的紅顏色嗅到了從女人下體陰道發出的帶著一股濃濃的魚腥味的春天的氣息。

2

四周牆壁上端端正正地框著很多作品，不光有黑白色，還有彩色，有寓意深刻，也有簡單的，一目了然，當他聽到我是一個專門研究「痛苦」的作家時，向我投來舒暢的情意款款的笑意。

他同樣用法語回應我，「你好，作家，我是畫家。」

「咔嚓」一聲，立馬多了一張照片，周圍黑暗了，眼睛與眼睛形成了一個熾熱的舞台。

或許一切都僅僅是黃昏悠遠的景色。

馬努威爾盛滿笑意的白皮膚的臉被陽光照得斑斑駁駁。

我沒有自報真名，儘管我很愛我的名字，但我仍用法文名「約瑟芬 JOSEPHINE」來掩蓋。這些年我幾乎沒有告訴任何人我的名字，那是一根寂靜的琴弦，它微微泛著荒廢了的光輝，使我的生活沉靜無聲。

「但是沒有一個叫約瑟芬的女人是簡單的女人」——這好像是拿破崙說的。我曾經從法國的聖托培出發，乘風破浪，一天一夜，去那個拿破崙被囚禁的小島科西嘉，望著拿破崙的石像，我總呆呆地希望他也能深情地像叫他情人那樣叫我一聲「約瑟芬」——我常常被這樣的念頭搞笑——難道真的沒有一個人能把它救出小島，藏到外面？有一個猶太人告訴我，他說我們總把男人的陽具稱為拿破崙，你看他戴著帽子，跟龜頭多麼相像啊。

我突然被這個比喻逗笑了，馬努威爾以為我在跟他笑，他的目光變得靦腆起來，絲毫不像一個大使，而是寫詩青年的天生的羞澀和情意。「攝魄」是多樣的，勇敢的，光線在他臉上變換著，因為窗外的樹葉在隨風搖曳。他問我最近在創作什麼。我說我正寫一本我在法國居住時的一段故事，法國人和阿拉伯人，他們的上帝長得不怎麼像，所以他們之間交往的道路總是泥濘不堪，還有池塘，還有沼澤。

他連連點頭，他說這個問題很複雜。

他在說這話時，我注意到他用深邃的眼珠把我渾身上下打量了一遍。

我的聲音更溫柔了，我說但是和平是我們人類的終極目標，人們總是要走向大同的。

他揚起眼角，又聳聳肩，問道：你天天在創作嗎？

我說大部分時間吧，但有時候，比如今天，得出來看看新鮮的東西。

說到這裡，我們的目光重又交會起來：新鮮的東西。

說得多好。

舞台搭得很順利，只是再調一下合適的角度和溫度。

我不禁重又帶著渴望的口吻對他說：

我有一本小說，法文版的，我想你會喜歡。

「關於什麼？」

「痛苦的殘忍性。」我說。

他笑了笑，從上衣的口袋裡掏出一張他的名片，還用筆鄭重地寫下了他的手機號碼。

馬上，他要被他的朋友胖子帶入別處了。臨走時，他回過身對我說：別忘了，我一定要看你的小說。

說完，他定定地看我的臉。

我聞著他身上的香水味，是亞曼尼香水嗎？抒情，濃郁。我再一次看了一眼他脖子上的充滿了性感的黃色金項鏈，以及露在領口處的胸前的一小片毛髮。我仰起臉深吸一縷同樣橫在我臉上的陽光，然後再把光吐出去，我又低頭看了看我身上的衣著，它們堅持不懈，從未放棄自己的春夢。

我手上是他的白色的名片，他的定位很簡單，就幾個字：西班牙駐華大使。

3

幾天後，一個在三里屯舉辦的張超的個人畫展上，我知道他會去，就把法語版的小說從充滿灰塵的書櫃裡掏出來了，你知道的，多少年我也不開啟這個櫃子，裡面裝滿了我的正版書以及各種各樣盜版書，什麼奇怪的書名都有，五花八門，這讓人想起曾經的歌舞昇平的時代。法語版義大利版英文版都在灰塵裡待著，等待命令，伺機作案。

此刻，磚頭塊般厚的書已經到他手裡了，他的笑容和體味又一次向我襲來，脖子上金黃色項鏈閃光依舊，他朝我笑著，我也對著他的臉，我似乎看見了他褲子裡埋在陰毛下的玉莖，我感覺我在用舌頭和牙齒輕輕叼擊。我的大使以為在做夢，臉上一副夢遊人才有的陶醉的表情。

張超到底畫了什麼畫呢，我們都沒有好好體悟，有報導說：

近年來，張超的創作走出了「三聯展」，更加關注中國傳統與當代性之間的關係以及他這代人人的困惑。在這次展出中，每件作品都有指向，似乎都在追求一種極致，或是西方式對立的極致或是中國天人合一的極致。不得不承認，張超是一位將當代文化之「矛」與中國傳統之「盾」集於一身的年輕藝術家。

矛是尖銳的，不可摧的，盾也是，都不能受損。雖然眼前是百依百順，但總有退潮的時候，月光照耀骨嶙嶙峋的礁石，礁峰，那是致命的。

第四章

法國人把女人神祕的下體呼作「蜜奴」，貓的意思，英國和義大利都如此。

曾在一個飛機上，旁邊是兩個來北京旅遊的西班牙老太太，坐飛機坐久了，當中一個站起來，說她的「貓」沒有知覺了，有問題了，引得另一個老太太傻笑不已。

貓捉老鼠變成了有趣的遊戲。貓多，老鼠少，貓大部分時間都閒著，空虛，無聊，寂寞，就這樣，微信給大大小小的貓們帶來了生機。

「附近的人」，以各種各樣的姿態出現了，不見得非得去「蘇西」這樣的俱樂部。即使是在那裡，經常有那樣一群人，他們不孤獨，他們不要找人說話，他們站在「蘇西」的中間，明明他們是來找女人的，可是他們就那麼站著，獨自喝酒，眼睛看也不看，中國女人們卻有意靠近談笑風生，眼睛卻在瞄著，伺機搭腔，有時也能釣上，很多人就以這種方式成功地從東方去了西方，儘管也許時間不長，又從西方回到原地，還在這樣的地方兩手空空地站著。

長城，烤鴨，「蘇西」，成了北京的三大景觀。

「附近的人」——我搜到無數看起來不錯的老外。分類型。有的直接上床，有的聊天，慢慢上床。一個自稱是義大利男人的敘利亞男人曾在微信裡向我訴說失去祖國的痛苦：我常常對著太陽說，請你路過我家時，向我的妻子孩子問好。甚至還有這樣的詩句：我走在路上，路對我說你是一個異鄉人，我站在樹下，樹也對我說，你是一個異鄉人……我的祖國，你在何方？

我的女友A看到這樣詩篇後，對我調侃道：趕快請他吃冰淇淋吧，祖國沒有了，怪可憐的。

第五章

1

二〇一三年五月十八日，十一點十一分，馬努威爾發來了一起午飯的邀請。一星期前，我們互加了微信。他告訴我，他每天都在看我的小說，同時也把一堆瑣事收拾停當，從肉體到精神都開始投入到繪畫創作當中了。我衷心向他祝賀。當一個人獨自時，思考和創作能使他活得津津有味。

我們常常在微信中談到深夜。我們談人類的孤獨。這是我的長項。我說四周都是大海，無人救你，水滿了，就會溢出來，在船沒有沉沒時就得放棄它，努力向岸邊游，在有太平洋的水裡游，只要你沒被漩渦吞沒，就一直游……

最後他總結：讓我們努力地活得有價值，我會讓你看看我畫的海。

2

他告訴了我地址，三里屯北街九號。還說一點鐘到就行。

我有些猶豫，去還是不去。因為我沒有衣服穿。

因為恰在這天我借宿在妹妹家。

我把妹妹的衣櫃翻了個底朝天，一邊翻一邊想，他究竟會請我在哪一家餐廳呢？是西餐還是中餐？我們會做愛嗎？

我發現我今天的臉也不中用，眼睛還腫著，睜不開，妹妹毫不猶豫地先沖了杯濃咖啡，又從頂櫃上小心翼翼地拿出她的經典「Prada」裙裝。

「約會應該是貴夫人的模樣，情形跟看畫展是不一樣的。」

她這樣教導我說。

我試了，又脫掉了。還是穿回自己的不起眼的黑色衣裙。

只要是音樂，就能靠近他。不關衣服的事。我想。

但實在沒有適合的鞋，就穿了一雙妹妹的拖鞋。這總比自己原本的運動鞋要好些。

在此生的我和他的最後一次見面時，他送了我一本關於「Elizabeth Toylor ——伊莉莎白・泰勒」攝影雜誌。他說他最喜歡這位美國影星的風采。這時我才知道他的審美取向。

但我當時不知道。否則，我就會聽妹妹的話穿一襲「Prada」白色紗裙，雍榮華貴，深情款款。因為這個藝術家不僅講究品味，更注重細節。在後來西班牙首相訪華時，作為在一旁陪伴的他，深色西裝上的白色領扣、露在胸部口袋那一點藍色絲帕以及臉上的笑容的尺度，這些全都不能馬虎。他不該僅僅是西班牙大使，他還應該是美和情調的大使。

而那天更不幸的是當我終於粉墨登場走進三里屯時，我像中了魔咒似的格外衰老起來。周圍是玫瑰和陽光。不斷穿插著年輕人的笑聲，還有那些老外們，他們笑得更隨便。我想那個叫馬努威爾的講究美感的大使還得接受這個身體正在枯萎和凋謝的事實，這具身體渴望被澆灌被審批。她在想，那些饑餓的日子哪裡去了呢？曾經流過的眼淚呢？究竟被哪些強大的陽光給吸收了？可以說，現在可以笑了，因為眼淚流完了，請笑一笑吧，請別總是心中裝滿委屈，請別依然用責難的目光審視自己，請不要還在渴望自己得不到的東西。放輕鬆點，請笑一笑。也許那裡就有你想要的東西。

那天的天氣有些冷，妹妹拖鞋裡面的那雙赤腳，沒有人知道它們是走向幸福還是災難。風和海流，也許一開始就失敗。

3

他出來了，他到門口來接我。

翩翩君子彷彿從天而降。他一臉笑意地望著我。還是那麼高，那麼寬，那麼笑。只是換了件薄薄的白襯衫。透過襯衫能隱約看到他結實的肌肉。脖子上的黃金項鏈依舊。閃著光波的眼睛依舊。

我想像他從馬德里的太陽門廣場上一路走過來，在深夜行走，在白天行走，走過西班牙所有古老建築，走過蒼海一樣的北京城，來到我面前，陽光透過大樹，從他頭頂射過來，在他臉上飄著，那瞳仁的深處，幻化出捉摸不定的幻影。

我微笑著站在他的陰影裡，還有那棵樹的陰影裡，我想：終於站到這兒了，如果接下去很順利，還能進入更深的陰影裡。

只是，他會不會嘲笑我的穿著和打扮？他會不會發覺我今天睡眠不足？

但必須裝出年輕人的樣子。

於是我由微笑而加大尺寸地燦爛地甜蜜地笑起來。笑意盈滿我臉上的每一根肌紋，像樹根旁的綻放的花。

我們以法式禮儀一邊招呼著，一邊一起走進大使館。

五月十八日，一個值得紀念的日子。

他是二〇一三年三月十二日來北京上任的。他微信上的頭像是他站在陽台上面對大海的一張背影。他的背微微弓著，充滿了玄機。他是歷史中的政客還是好萊塢電影中的英雄？

在使館門前，有一個棕色的腳墊，他的雙腳在上面擦了擦，我本來已走過去了，又走回來，學著他的樣子，小心地也在上面擦了擦。

他禮貌地看著。

他走上前，推開面前緊閉的大門，然後側身伸出一隻手臂，請我先進。

我進入一個進廳，進廳地上已經是地毯了。

所以鞋必須是乾淨的。

我很快向裡瞭望了一眼，似乎這裡充滿著酷似教堂那樣的敬畏感。

我緊張起來。

進廳和客廳之門是一扇大大的藍格子門。我穿越這扇門，一邊向前走一邊側過臉跟他說話。我想知道大使館是什麼樣子，先不說家具和擺設，在我剛才的匆匆瞭望裡，我首先感覺這兒的空氣是發光的，那種淡淡的螢光，那種柔情的尊貴的新鮮的廣大光暈，一下讓人醉倒，忘記外面的世界。

在這樣的光暈裡，我覺得自己渾身都是塵土。

然而，訓練有素的我跟著他，漫不經心走著，一邊笑，一邊露出安靜而空靈的眼神。厚實的淡黃色地毯，越走越遠，緩緩穿越一些造型別致的桌子，椅子，沙發，還有許多被淺色燈罩覆蓋的檯燈。有一面牆幾乎全是玻璃，白色窗簾長長地遮掩著，縫隙間漏著日光，還有從窗口，從敞開的門裡陽光全都飄浮了進來。

玻璃外是一個花園。

客廳盡頭是廚房，裡面有三三兩兩的穿著白色衣服的人在忙活著。

客廳和會議廳同樣被一個藍格子門隔開。這扇門關著，透過格子玻璃可以看到裡面一張巨大的棕色會議桌。

地方太大，天花板又高。客廳的一張檯面上放著他和一些國家領導人的合影。雖然這兒不是教堂，但比教堂具有美感。

我一時緩不過氣來。

有一架高高的棕色風琴安靜地挨著牆壁，於是我走過去，欣賞地看著，看著自己反射在裡面的面容，這時也閃出他的臉來，他說這風琴在他來之前就有了，是上一個大使或上上一個大使留下來的，他掀開琴蓋，我盯著那些黑白琴鍵想像著教堂裡悠遠的風琴聲。

他問我會彈嗎，我搖搖頭說不會。

他蓋上琴蓋，領著我，遞給我一杯酒。我又看到放著照片的桌面上還放著兩面國旗，一個是中國的，另一個不認識，但用腳也能想像到這是西班牙國旗，幾個相框裡都是他跟別人的合影，有一張是和中國主席習近平握手，還有一張是和一個外國人握手，是西班牙首相嗎？

他把我引坐在一張沙發上。我不能眼睛到處都看，顯得我沒見過世面，但是我還又看到有一個角落放著一款我從未見過的兩個盤子狀的音響，裡面播放的是輕柔的古典樂。

我們客套地說著什麼，然後他又問我願不願意到外面的花園裡看看。

我站起來，只見他搓了搓自己的手指。

我定定地看著，他的手指上沾了些白色顏料，他連忙解釋說在等我的時間裡，他在畫室裡畫畫的，這樣時間就會過得很快。

說著他再次用大拇指搓了搓沾上了顏料的食指和中指。

4

花園裡綠草青青，還有三五成群的花兒在開放，樹，高低錯落，空中正飄揚著迷亂的柳絮，餐桌就在門口的右邊，面對花園，上面已放好餐具，一個臉蛋圓圓的四十歲左右的女服務員走來走去。音樂從客廳裡清晰地傳到這裡。

我們沐浴在陽光中，都端著酒杯，讚美天氣。我說我沒想到在中國也能進入優雅而安靜的歐洲。

他說不過這柳絮不像。

「但我非常喜歡北京柳絮飛揚的感覺。」他又補上這一句。

我這才注意到原來真的有很多柳絮在飛。它們也在三里屯飛，也在其他地方飛，也在過去的日子裡飛，我就是穿過這些飛揚的柳絮一路來到這兒的，但我怎麼沒有注意到呢。它們需要我的注意嗎？我的注意點在哪裡呢？男人？女人？衣服？衰老？絕望？愛情？

誰會無聊看這個呢？

而現在，我站著，跟他一起看柳絮，突然看，安靜看，恍然看，莫名其妙看，裝模作樣看，此刻，世間所有一切似乎都跟我們無關了，只有這些柳絮，它們在滿天狂舞，飛翔，時慢時快，高高低低，嬉戲追逐，彷彿終於找到了舞台。

好一會，我終於說這些都是從潘朵拉盒子裡飛出來的。

「為什麼？」

「污染空氣，讓人過敏，還影響肺。人的欲望也是這樣飛的吧。」

他一聽笑了。

「哦，原來是這樣的。」

開始就餐。他面對花園，我面對他，中間是一個鋪著白色桌布的長方形桌子。女服務員一句英文不會講，而他一句中文不會講，他就跟她比畫著告訴她把刀叉拿上來，刀在這邊，叉在那邊，刀和叉是不一樣的，請把水拿上來，開始就餐了。

我仍拿著酒杯啜飲著，姿勢優雅，他看著我說：

「我很喜歡你的這本小說，不過我還沒有看完，有些地方我也看不懂，我想聽聽你創作這本書的背後的用意。」

他用了「hide」這個詞。好像有個什麼「關鍵」的東西隱藏著，他還不知道。

他身上的香水味又飄過來了，柳絮也絲絲縷縷地飄著，彷彿柳絮也是香的。

我笑而不答，眼睛只是看著桌面，這些我們在微信中都探討過了，他希望我親自用嘴說一遍，而不是文字。過了一會，我抬起頭說，我們歪歪扭扭的人生就像這些柳絮，不能說我們無能為力，但也是註定落在什麼地方……

「但任何事總是有另一面的。」他向我揚起眉毛。

「柳絮，」我說，我突然也對柳絮感了興趣，「它們只是盲目飛，亂飛，到處飛……它們也想當哥倫布發現什麼新大陸吧。」

他聽了我的話，又一次無聲地笑起來。然後以絕對同意和賞識的口吻說：「哦，對的。」

5

我們的目光重又合二為一。有點像動物園裡訓練有素的開始表演穿火圈的老虎或是猴子。反正舞台早搭好了，戲開始演了，只是出場的不是猴子。我低頭吃著西班牙馬鈴薯餅，喝著西班牙馬鈴薯湯，我聽到對方也在喝湯。為了說些什麼，我放下刀叉，開始講馬鈴薯的事情，一講馬鈴薯又離不開他們的祖先哥倫布。我說哥倫布是一個偉大的人。

「是他把馬鈴薯從南美帶回西班牙的？」

他說是的，他最喜歡吃馬鈴薯餅。

說完兩人又沉默了。

我又抬起雙手開始吃起來。為了打破沉默，我說：

「是哥倫布把馬鈴薯帶回西班牙的？」

說完立即知道這句話剛剛已問過了。

但他也忘了已回答過，也認真地說道：

「是啊。哥倫布。」

一會他又補充說：「但我們還在不斷尋找新大陸。」

我點頭，羞愧得臉發燙，開始喝酒，決定不再言語。

而他在笑，他很開心，他的臉微光閃爍，總是抬頭像一個詩人那樣動情地凝望我身後的柳絮。

於是我也只能靜靜地看柳絮。我的餘光是他的高鼻子的側臉。幾縷捲髮貼在他的額頭上。他的皮膚是那麼白，那麼乾淨。我在想，許多許多年後，他還能記起這場在他花園裡的北京的柳絮嗎？殊不知，春風為這些柳絮寬衣解帶，讓它們飛翔，卻又讓它們翅膀不硬，飛不高。它們沒有慧眼發現新大陸。但他們知道只要飛，就有門為它們打開，還有窗戶，雖然情況複雜，但也不會亂了方寸，這是使命，也是宿命，直到有一天，冬天的白霜徹底將它們的翅膀凍結。

他會像我想這麼多嗎？

6

他的貼在額上的灰白色頭髮閃著優質礦物質的光，耳邊的音樂我聽出來了，是巴哈那種舒緩和充滿思念的《彌撒曲》。

好不容易吃完了。他思索著，大膽凝望著我的眼睛，忽然問：你跟晉華是好朋友嗎？

晉華？我問。

他解釋說就是那天我們第一次見面時那個跟我在一起的中國藝術家。

我想起來了，是那個矮矮胖子。

我連連搖頭，我說不是好朋友。我不認識他。

那跟你在一起的你的女友呢？

我知道他指的是女友A。我謹慎地說：我——也——不——怎——麼——認——

識——她。

你們不是經常在一起嗎？

不，我一直在家寫作的。

他明白似的點了點頭。

我又明確強調道：我——誰也不認識。

於是他問：

那麼，能不能把這次約會作為私密約會？

我也大膽地望著那雙詩人一樣的眼睛，點了點頭，說：當然。

他似乎放心了。

他說：「其實我更願意是一個藝術家，而不是大使。」

我又一次點頭，表示理解。但我又問：

「你一個藝術家，怎麼會成為大使的呢？」

他不以為然，說：

「我想當大使，所以我當了大使。」

「可你剛剛還說更想成為藝術家的呀。」

他歪了歪頭，說：「如果讓我整天畫畫，我會發瘋的。」

他明白我在「將」他的「軍」，回答完之後用手指點了點我的額頭。
我笑了，調皮地「哦」了一聲，便又大起膽子跟他說：
「我倒想看看你發瘋的樣子。」
他再一次笑了。氣氛逐步輕鬆下來。

他站起來領著我從花園裡走進客廳裡剛才坐過的沙發上，我轉頭一看，發現所有在廚房的工作人員都消失了，那張圓圓的臉也不見了。
我對廚房充滿好奇，於是在徵得他的同意後我走進去了。裡面方方正正的，地面是灰色地磚，冰箱很大。有一側牆上貼著一張印有刀、叉、湯勺、碗、盤子、酒杯的紙，緊跟在後面的他，走過來解釋說，服務員不懂英文，但只要指指上面的圖，她就知道我要什麼了。
我笑了，說：真是好辦法。
靠近廚房門口有一張小辦公桌，上面有書有檯燈，旁邊還有一張椅子。我覺得坐在這個地方很舒服。於是我脫口問道：
「你平時就坐在這裡辦公嗎？」
他聽了，一愣，連連搖頭，從嘴裡還揶揄出一個「不」字。

我立即明白過來。他怎麼會在廚房辦公呢？那只是廚師的位置。

我的臉又一次紅了。

我走出廚房，重又回到沙發。

陽光更強烈地照進來，我突然感到儘管我總是說錯話，但是這天是我的復活節，照理，我可以笑一笑了，是真笑，不是裝出來的假笑。

當他把我領向他的畫室時，安魂彌撒達到高潮——好像我們終於有了我們自己的「新大陸」。

要去他的重要領地畫室，先得跨過藍色格門，還得通過那間會議廳，那張巨大的會議桌被很多古銅色木椅包圍著。

我想這裡才是他的尊貴的位置，他辦公的地方，他是中心，兩側的所有眼睛都得盯著他。

牆壁上有一面不大的鏡子。他的身影在鏡子裡穿過後，緊接著是我的面孔，我向裡看了一眼，頭髮凌亂，妝也濃，但幸好這張臉始終微笑著，始終從唇邊硬擠出幾絲童貞。這些年經過很多次的臨場實踐，總結的經驗是這招很管用，男人們總是跌跌撞撞地飛蛾一般擁過來，即使是假裝的童貞，那也像是點燃的燈籠……

在一個泳池旁，只要灑上些沙子，人們就會戴著草帽坐過來當海灘使了。

畫室也很大，牆上貼的，地上鋪的全是他的畫。我這才真的意識到他是個畫家。他在中國的宣紙上作畫。

但那天對他的畫沒來得及有多大研究，研究並崇拜是以後的事。

進入畫室，先是聞到一股淡淡的顏料味，我深深吸了一口，我恍然明白，這種具備放射性的藝術和美的氣味在孕育著他的軀體和血脈。

我還看見地板上放著幾片經絡複雜的樹葉。

他說這些都是從花園裡挑選來的，問我喜不喜歡。

我看到地下有一支鋼筆，就蹲下身子撿鋼筆。他也蹲下了身體。我在地板上寫了中文「喜歡」，他問這是什麼，我說就是喜歡的意思呀。

他對著中文的「喜歡」看了又看。

這時他動動身子，更靠近我一點，朝我伸出手，握住我拿筆的手。

我突然心亂神迷，他的白而大的手，操控我的手，輕輕地在地上畫了幾個字母——Guste，我問這是什麼意思。他說也是喜歡的意思。

他很快放開我，拿一張紙把地板上的字抹去。

在他抹字的時候，我站起身來，依稀還能看到「Guste」。他又擦了擦，又把「喜歡」也擦掉，免得乾了，擦不去。

隨後他也站起來，我的手還留有他的手的溫度。這時，他把手放在了我的肩上，眼睛裡面充滿了火一樣的笑意。

我想低頭看地面，看看那個已消失了的「Guste」。但不由自主地也盯著他的眼睛，又看看他薄薄的嘴唇。

我想我的臉是紅的。因為他的充滿迷戀的臉也由白色變成紅色的了。一會，我的頭被肩上的手勾了一下，我便順勢倒在他的懷裡。

我們熱切地擁抱起來。接吻。

他的膝蓋抵著我的膝蓋。腹部緊緊貼在一起。

我聞到了他嘴裡的帶著西班牙熱帶海洋的熱烘烘的氣息。

當他急切解開他襯衣上的第一個扣子時，我開始解他第二個扣子。第二個扣子解開了，再解第三個，我看到了他胸脯上的細密捲曲的茸毛，在我還要解他最後一個扣時，他突然把我的頭按到他胸脯左側，這時，我的嘴唇剛好挨著紅色的小乳頭。

我還沒有反應過來，就已從馴獸師那裡得到指令那樣立即用舌頭輕輕撫弄起來。

同時也聽到了他心臟的快速跳動聲。後來幾個月後他跟我說就在這一刻，他突然年輕起來，他的心在顫抖，在翩翩起舞，微光閃耀。他忘了他在哪裡了，亦或是在西班牙的某個校園，亦或在某個海邊，某個堅實的岩石上。我望著那兩顆紅色小乳頭，那是他身上漂流在河面上的甜言蜜語，它們對我的舌頭說：謝謝。舌頭顫動著回應：別客氣。

7

我知道，德尼祿，你已聽得入迷了，你想知道接下來的事情。接下來就是他的手指迅速尋找我黑色裙服的出口，拉鏈拉得毫無障礙，緩緩撕成兩半，我屏住呼吸，輕輕地舉起雙臂迎合著他，很快我就成功地蛻變成一個只剩有三點的女人，我變新鮮了，馬上他的好奇心就會得到滿足。他嫻熟地解開扣子，蕾絲內褲也沒有絲毫分量地在他的指尖下滑下去了。

我的身體在發燙。德尼祿，你知道的，很多女人都享受被脫的過程，彷彿一個人站在鐵軌上，只享受列車壓過來的悠揚而飄蕩的汽笛聲，其他什麼都不想。

我的衣服和他的衣服順利堆在了一起。

他讓我躺在朝陽的窗口，躺在冷冷的地板上，旁邊是他的畫稿，顏料味從頭到腳徹底彌漫著我，我不禁顫抖起來，看他怎樣用那還留有顏料的食指和中指在我身上種檸檬，或者草莓，我的身體是他的花園。我想像著你在想什麼，海在想些什麼，作繭自縛和牛頓定律有什麼關係，人生是不是也轉動在澳門賭場上的那個大轉盤上……

我一直不知他在想什麼，也許看看他的臉他的表情就能有個大概的瞭解，但我半閉著眼睛，仍然不能呼吸，至多也就順便看一眼窗外的天空，窗外的樹上有片樹葉晃來晃去，馬上就和柳絮們一起墜落了，心碎了，但是它還是很願意成為道具的，儘管他絕對沒有想到這個道具很有可能成為一種陷阱，但是化險為夷已經不可能了，所以索性領著我，兩人抱著殘餘的衣服，赤裸著身體，有些狼狽地重又經過那個嚴肅的會議廳和那個浪漫多情的客廳，我們幾乎奔跑著經過了對位的沙發和亮著光的牆壁，一直到客廳盡頭，向左拐，亦步亦趨地上了樓，我的乳房晃動得厲害，尤其穿過尊貴的會議廳和客廳時，那顫動的乳房向它們展示著挑逗和誘惑。

從畫室到這個樓梯口到底需要多少步呢？也就是從西班牙大使館的西頭到東頭這樣一種錯綜複雜的路程到底充滿了多少的激情和情欲？我感覺到那些沙發，椅子，風琴，地毯，還有高高在上的天花板，它們都和我一樣流淌著激動的汁液，我想對它們說，你們和我一樣，都是被藝術挑選到這兒的。

8

我們上了樓，樓梯拐角處是一扇窗，窗台上排列著幾個由大及小的銀灰色的現代人體雕塑，樓上是用沙發包圍起來的電視區域。他領著我急切地在長沙發上相擁躺下。但讓沙發的寬度容納兩人的身體有點艱難。只有上下重疊。身體摩擦出來的色彩應該是黃色的，香蕉黃，玫瑰黃……油畫家在最後協調一幅畫時最喜歡用畫筆吸滿這種色彩……

他正面躺在沙發上，指點我，讓我反向趴在他的身體上，這樣有利於互相摸索和探險。人們行走在南極或是北極時是不是也一樣，眼睛裡放著好奇和驚慌的光？但一直不切入正題。德尼祿，這是不是男人慣用的手腕？總把絕美的事物放到最後才做？小說家是這樣，廢話喋喋不休，趁人不注意把一個肉包子扔出來。畫家也是這樣嗎？

我一直在等。但沒有任何變化。我一邊吻著堅挺的玉莖，一邊抬眼看著那雙筆直勻稱的美腿，還有那雙白色的腳面和乾乾淨淨的指甲蓋。

對面的窗子把陽光放在他身上，起到了虛幻的作用。

我的吻變得愚鈍起來，又過了會，還是沒反應，我終於壯起膽子，鼓起勇氣，回頭問他，有沒有那種橡膠做成的安全套。

他正伸著舌頭，上面有微黃的舌苔。見我問他，他的躺著的臉先是愣了一下，然後像明白了我的用意似的搖搖頭，說沒有那個東西。

他脖子上的項鏈墜子移到了他的耳朵旁邊。

他讓我繼續利用嘴唇的功力。

我按他的話做了。

但是總得有目標吧……什麼時候才開始做一些穿透或是息息相通的事情？

正當我困擾之時，他卻沉默地沒有任何聲響地在我嘴巴裡射完最後一滴精子……

他沒有聲音，冷靜到使我聯想起在手術台上操刀的醫生。

我翻身下地跑到洗手間洗漱。洗手間在一個走廊的右側，地上是大理石。他裸著身子，無聲地跟著我，從櫃子裡拿出兩塊浴巾放在洗手台上，然後就微笑著退出了。

我一邊洗浴，一邊想，沒有插入也叫做愛嗎？

他為什麼不插入呢？

是不是下一次他就會插入而這次只是沒有來得及？

我出來時他已穿好衣服，變成原先的那個樣子，變成我第一次見和第二次見到過的那個大使，臉上的笑容是任何一個外交官所特有的樸實、友好和理性，還有那條項鏈也規規矩矩地垂著。而我赤條條的，沒有任何保護，身上冒著熱氣，散發著沐浴乳的味道，我看到我的丟在地上的衣服已放在另一張沙發上，我難為情地一件件穿起來。但他就在對面微笑著看我，直到我穿到最外面的那件黑色短裙，我才突然意識到我是可以抱著這些衣服在洗手間穿的。

我真蠢。

只聽他說道：這件衣服非常漂亮，是在法國買的嗎？

我告訴他是在北京買的。

他又重複道：非常漂亮。

他的讚美讓我釋然，我和這些衣服重歸於好。

衣服穿好了，按常理，我應該跟他吻別，滾蛋了，老虎從火圈中成功地穿越了。但是我還是坐著不走，並且用沉靜柔和的聲音跟他說話。說了一個小時，說得他陶醉了，有時用腳趾勾引，有時用手指勾引，究竟說了什麼，究竟他為什麼陶醉致死跟螞蟻甜死在蜜罐裡，以後再講給你聽，德尼祿。

第六章

1

我經常在想，在馬努威爾的眼裡，我究竟是個什麼樣的女人，感性的？性感的？才華的？溫柔的？委身感強烈的？但你，德尼祿，在你眼裡，我是蜘蛛網，吸血鬼，騙子，可是每當我在家獨自傷心絕望時，你情願讓我出來騙人作案，你說這樣至少你還活著，不至於心灰意冷到全身都凍結。你讓我振作起來行騙，這比什麼都好，其實我誰也騙不了。我還得接受你身上的狂躁。

「狂躁」是外國男人的通病。但馬努威爾不是，他得的是另外一種病。

德尼祿，你卻是狂躁無誤，你越狂躁我越是要打你，砸你。你剛開始見我時的那種謙挺，溫存和尊重哪去了？就因為你是個外國人而自覺居高臨下嗎？多麼地可笑。

要讓我回憶你的那段歷史還真有些可憐你，甚至讓我欲哭無淚，你自己可能都忘了你是怎麼遇上那個澳大利亞人曼的。你們就是在「蘇西」俱樂部旁邊那個「捷妮路」超市的門口遇見的。

一個冰天雪地的夜晚，我坐在摩托車的後座，曼的後座也是一個中國女人，你們不認識卻熱情地開了口，激動得跟失散了多年的兄弟一樣。曼比你年輕，他的女朋友也比我年輕。你們先說摩托車，哪種性能好，哪種不好，哪種不可以瘋狂快速，哪種可能會出人命，說著說著你們就互相試探對方在哪裡工作，做什麼的，缺不缺人，是不是有可能幫個忙，你還時不時讚美一下對方的女朋友……結果曼也是個失業者，他還指望從你這裡碰上個奇蹟呢。

有一次我和女友A在酒吧「DAN」吃飯時一眼就看見了這個澳大利亞人。我的女友A珠光寶氣，渾身都是名牌，手腕上的表還五十萬呢，他看見了，於是瘋狂示愛，像一隻疲於奔命的鳥看見了溫暖的鳥巢，直往裡鑽。

你問我摩托車修理鋪在哪，問我簽證公司在哪，問我你的工作在哪，麵包在哪，法院在哪，我全不知道，你暴跳如雷。你說我簡直就不是人，不是人世間裡的人……末了，你又嘲笑街邊的路燈，這麼醜陋，絲毫沒有設計的美感，僅僅發點可憐的光啊哈。

「你看，跟乾枯的老太婆沒有區別，還有這路，還有這橫著的天橋，看那些行人的穿著，雜亂得整個一個低級瘋人院……」

聽到這裡，我倒想問問你，你為什麼不滾回你的義大利去啊，那裡什麼都好、什麼都美而你卻賴在這裡不走，你是癩皮狗，如果說我們這些中國女人是哈巴狗，那你們就是癩皮狗。

但是當我突然撕開嗓子時，向蒼天發出的吼叫是：請把這魔鬼從我身邊帶走吧。

2

你肯定記得我的絕望慘叫，那也同樣是一個黑夜，行人停下腳步，我仍撒潑一般地喊著，叫著，你驚呆了，突然意識到自己的絕境，然後雙手捂住臉，狠狠踢了一腳停靠在旁邊的黑色摩托車，你說你就剩這一樣財產了。

「它是我回義大利的機票。」

你哭了。

不一會，我問你，在這個世上有沒有愛情。你伸出手擦了擦眼睛說：有的，那就是人們在睡覺時兩手搭在胸口上做的噩夢。

我低下頭，只聽你又說道：人生何不也是這樣的？

第七章

1

我認識了一對中國男女，他們有自己的公司和文化中心，他們說他們可以給你工作，給你簽證，於是我們倆像兩隻蚊子一樣圍繞著他們。他們要求你先試著給他們做無數關於企業形象的設計，你整宿整宿不睡覺，足足做了兩百多頁的設計，我們是蚊子，但到頭來他們卻把你吸光了，然後丟棄一邊，分文沒有。

尷尬之態無法抑制。在一個高檔酒店的大堂裡，眾目睽睽之下你「啪通」一聲，腿跪下了，雙手向他們呈上你的護照。很多人看到了，你卻以開玩笑的方式向對方笑著說這是你在中國的最後求救的方式了，請救救我。沒簽證無法在中國生存，每三月一簽，不是得回國簽就得去香港繞一下，費用太大了。

對方接著你的護照，瞇著眼睛，津津有味，為什麼人越窮越糊塗呢？

這種姿勢只能在神的面前。

而中國騙子總是比做耶穌無處不在：他們能把人從饑餓中挽救出來，再把光明塞滿你的腦袋，就像誰唱的那首英文歌《光芒》那樣，這樣他們就能為所欲為地使喚你，讓你用義大利建築設計師的腦袋為他們出謀劃策，甚至做出修修補補的零活兒。而護照只是隨意放在某個抽屜裡，一個月之後再從裡面拿出來歸還。「哦，今年政策變了，不像過去，有關部門會嚴肅查處的。」

我說我最喜歡的一首歌是法國歌手 Marc Lavoine 唱的《Paris》，你說太悲傷了，不喜歡。

塞納——馬恩省——馬恩省——馬恩省河水長又長，
座座橋下歌不斷，
苦去甘來今又唱。

計程車裡正心傷
忽見雨中你閃光
黑夜唯你多嬌亮

沿著街溝解手暢
雨果錯教我這樣
醉酒話俗也無妨

巴黎巴黎曾幾何
夢寐以求自由唱
只見動亂大道旁
巴黎曾讓人迷茫
巴黎曾讓人棄殤

關於 Marc Lavoine，我跟大使馬努威爾也探討過，他說馬克是不錯的歌手，他也很喜歡他的歌。

但對於中國人當面一套背後一套的說法不同意。

我跟他說在中國當大使期間，一定得注意跟他們之間的關係，他們絕不像你想像的那麼簡單，他們表面謙虛，謙和，溫順，但袖子裡面是藏刀的，

但是你，德尼祿，你對中國的這一套有著很細緻的領教。「嘎早」，「方庫了」，是我從你那學來的僅有的義大利語，這些尊貴的發音都是用來罵人的，有時你伸出你的中指就用這幾個音節不僅罵中國人，還罵這首歌，聲音嘹亮，放肆，之後又是你金色的迷人的笑聲。德尼祿，確實有時我寧願沉淪在你的笑聲裡，彷彿那是世上最貴的金幣。

至於杜普蕾的《憂傷的大提琴》，不管我本人有多得意，每次聽到，我都會擠出兩滴眼淚，不為別的，就為你像一塊乾透了的狗屎扔在北京的路旁，人們避之不及。

「不過，說真的，你需要一個家，流浪久了，更得有個歇腳的地方。狗也是，貓也是，人也差不多這樣的。」

你不笑了，沉默著，一會你說：

「實際上這麼久以來我一直把你當成了我的家。」

說完久久盯著我看。

這是我聽到的最後的你向我訴說的情話。我認為這是一種創作。它是需要才能和

智慧的。

三里屯，光的海洋，黑暗的海洋，作案的場所，妓女，小偷，嫖客，高雅，卑賤全出來了，齊刷刷到場，蒼蠅不盯無縫的雞蛋，渡船，甲板，交易的窗口，買票的大廳，我們去哪兒？

在三里屯後街，忽然在人群中看到一張臉，如一朵白菊浮在海面上。

「馬努威爾。」我心裡狂呼。

我正和女友A在一家義大利咖啡店裡，我衝出來，他已急步飄移。紛紛揚揚的夜色覆蓋了一切。

這麼晚了，他去見一個女人嗎？我不由自主向前走，也不顧正在身後叫喊的女友A了。

一會，他的身影又從人群裡閃現。我的急迫的高跟鞋有點響，儘管周圍是嘈雜的人聲，但我還是放輕腳步，不能有一絲一毫的響動。前面的影子沒有任何猶豫或徬徨，似乎堅定地朝向一個方向。

後街兩旁擠滿了人群，乞丐攤在路邊拉著悠揚的二胡，賣花的小女孩蝴蝶般追逐著人群。

2

馬努威爾絕對沒有想到會有人跟在自己身後，他只是走，有時不得不側過身子避開人群。他穿著一件白襯衣，這是他擅長的美色，配上他灰白的頭髮，顯得飄飄欲仙。我神情緊張，心啪啪跳動，不能讓他發現，還得緊緊跟上，一不留神，目標就沉沒。但他並不左右顧及，遇到上前懇求賣花的，他只是伸手摸一下女孩的頭頂，並不放慢腳步。這裡的人們大都是高鼻子的西方人民，我無暇顧及，雖然也想發現新的貨色，那些有錢人，世界石油大亨，眼珠子泛著浸入肺腑的藍色光波，再加上彈簧捲舌，所有這些都能讓乾癟的生活豐滿起來，但此刻，連餘光都不屬於他們。

被跟蹤的那個人頭也不回，他似乎沒有回頭的習慣，這樣才能保持一個上等人的優雅和尊嚴。這時他走到一個岔口，只見他向右拐去，穿過一小段側路後，進入了寬闊的夜色橫陳的三里屯太古區，只要向北走過整個太古區，就能到達那個十字路口，那裡有幾棵大樹在虔誠地等待他的穿越。

但他似乎不著急了。我停住腳步，看著他在欣賞一個櫥窗。這裡是專賣高檔品牌服裝的區域。他的眼睛裡閃著微光。

我久久站著。

在他離去後我站在他欣賞過的櫥窗前，那是一個肌肉雄厚的美男手端一杯盛滿香檳的側面，杯子裡是彩色液體。

第二天，我發微信跟他說我在三里屯見到他了。

他回說：對的，每晚睡覺前時我都要快走鍛鍊我的大腿。

第八章

1

那天下午我究竟在使館二樓的剛剛做過「重大事件」的沙發上說了什麼而使周圍的空氣就不那麼亮了呢，那帶著淡淡螢光的四周瞬間黯淡下來，直到夜間他忍不住在他床頭發來微信說：了不起的下午，了不起的談話。

對於剛穿上衣服的智者，儘管臉上是溫暖的笑意，但我一心要在這笑裡加鹽。我不會像狗那麼狂吠，也不會像大海那麼抒情。射精過後的人的眼睛正逐漸關閉，但耳朵是張開的，耳朵是兩塊吸水的海綿。

我的眼睛也在關閉，我忍不住向他說道我老了。

他連連搖頭，不相信。

我說這是實情。

「我比你大十五歲。」他說：「而且到了我這樣的年紀，女人靠年輕已不能足以吸引我了。」

「就在我們見面的那一天，當我無意中看到你時，那時我還在想我究竟在這裡站了多長時間了，獨自一個人面對牆壁，而這堵牆黑暗一片。」

「我喜歡你說這樣的話。」他笑著說。

我也微微笑了，目光從他臉上移到了窗外，還能看到柳絮在徒勞的飛翔。

我說：

「當然黑暗和絕望的感覺是不關年齡的事。」

「比如呢？」對方問。

「比如，比如什麼呢？」我腦子裡迅速搜索著。我突然想起了一個也曾出現在德尼祿公寓裡的俄羅斯女孩的一雙長長的腿，它們不斷走，不斷找，夜光把它們放大無數倍，懸掛在空中，猶如不知疲倦的幽靈，那件灰色齊膝風衣帶著無休止的烈性白酒的氣味垂掛在各式各樣的男人的床頭，也曾經在德尼祿的床頭……

我沒有注意坐在對面的男人還在想什麼，我沉浸在那酒氣沖天的風衣中，我說：

「那是二〇〇八年奧運會的時候，那時我剛從法國回來，我對法國的生活厭倦透了，我住在南方的一個很小的城市，我也不知道那個地方的哪些部分得罪了我，我就每天生病，生各種各樣的病，一會牙疼，一會胃疼，在海邊風吹之後，就渾身疼，止都止不住，是的，那裡空氣好，陽光好，水好，人好……但我決意要回來，回北京，哪怕待幾個月，讓我呼吸呼吸北京的渾濁的空氣……可是回到北京，住一陣子，馬上就又覺得黑暗把我重又包圍起來了，黑暗從北京追到法國，又從法國追回到北京……誰能驅走這黑暗？一個男人？一段虛假的愛情？經常早上起來很高興，到下午就不怎麼高興了，到了晚上，那虎視眈眈的黑暗又把我包裹住……有一天我認識了一個男人，我們一起喝了一次咖啡。他是法國人。」

說到這，馬努威爾在沙發上調整了下姿勢，覺得不適，又站起來去倒杯酒。

「你要喝嗎？」

我說我不喝。他又問我有沒有信仰，信不信上帝。我再次搖搖頭，我說每次當我有什麼重要危難時，我倒希望有個信仰給我力量。

「你認為的重大危難是什麼呢？」此刻他手上的杯子已盛滿了泛著光波的紅色的液體。他喝這麼多，他是想頭腦清楚還是更加糊塗？

待他重新坐穩，我開始一本正經回答他的問題。我說一般說來，重大危難一是身體死亡，二是愛情死亡。

「不過，人是複雜的機構，就像那些柳絮怎麼飛也飛不明白。越飛越亂。」

他同意地點點頭。「說吧，繼續。」

「哦，剛才說什麼來著？」

他笑了，提醒道：「你說你認識了一個男人。」

「你會不會嘲笑我？」

「不，有點意思。」

「那你說人為什麼會無緣無故地受痛苦呢？」

「無緣無故地痛苦，」他重複著我的話深思，「這可能就是為什麼我們是人的緣故，米羅的《哈里昆的狂歡》就已經表達了。說吧，你的故事。」

2

德尼祿，我也曾把這個故事告訴你聽的。中國的奧運會和殘奧會期間，那個時候你還沒來中國，那時你正在威尼斯的某個地方仰望著星空，你還不知道中國有多大，有多少女人，中國是如何具有柳絮般的紊亂把每個人攪得六神無主。柳絮，輕得像煙，看得見，捉不著，卻足以使人摧毀。在你的枕邊，我也曾告訴你這個故事，但我隱瞞了，我說這是發生在風衣女人身上的事，不是我，你聽完之後，很簡單，大笑不停，然後得出結論：女人瘋了。

究竟是什麼讓你覺得好笑呢？對面的馬努威爾期盼著我的故事，聽完之後他會不會像你那樣大笑？覺得滑稽？我對馬努威爾敘述道：

「……這個男人來自巴黎，這對我來講，又輕而易舉地找到了很多共同的話題，他很善談，我們談起了歐洲的大街小巷……談話中，他總是笑，總能看見他潔白燦爛的牙齒。我就盯著他的牙看，想像他的生活是多麼的美好，也許，沒准，我還能跟他有一段美好的愛情呢。於是我情不自禁地對他說你真是個幸福的男人。」

「為什麼？」

「有你這種笑容的人都會很幸福。」我說。

他又一次笑了，低下頭，沉思片刻，告訴我他是個網球教練，是來參加殘奧會的。還沒等我反應過來，他又補充說：

「我的雙腳都是假的。」

馬努威爾的表情隨著情節的變化也忍不住地笑起來。
我也笑了，我問是不是真的可笑。
「有種黑色幽默。」
「你要覺得可笑，也可以大聲笑。」我說。
「為什麼？」他問。
「我不想在你面前美化自己。」

他靜靜地看著我。突然他站起來坐到我身邊，把身體挨著我。
「後來呢？那天晚上？」
我倚在他身上，一時卻什麼也說不出來。
他又握住了我的手，說：
「真實——是我們談話的唯一意義。」
慢慢地，我又說道：
「當時那個男人說出這話之後，他就期待著看著我，就像我剛才說出這個故事後期待地看著你這樣。而我當時的表情，我一下懵了，反應不過來，但盡量保持鎮定……他說他有一年出了車禍……」

「很辛酸的一個故事。」身邊的男人這樣感嘆道。

我深深地低著頭。

他說：「這也應該是一部小說，名字就叫《殘奧會》，一個女人的孤獨以及對生活的渴望，還有那個男人的笑和那雙腳，都是這個故事的亮點。」

我猛地抬起頭，哇，這個男人真牛，德尼祿，你聽聽，你投幾輩子胎也不會說出這樣的話。你全身黑得伸手不見五指。

「可是為什麼我們就不能愛殘疾人呢？為什麼就都覺得這個故事可笑呢？」我問道。

他回答我說：「所以應該說我們都是殘疾人。」

我低下頭，想，德尼祿，不是誰能都能當上大使的，難怪你連個工作也找不到呢。刀子跟叉子是絕對不能混著叫的。

馬努威爾沒有問我接下來發生的事情。我也不想再說下去了，我只想倚在他身上，什麼也不說。但是天晚了，我要走了。他把我送到崗亭外面，小心地、保持著適當的距離互道再見。

德尼祿，那麼就告訴你吧。接下來我和那位安裝著假腳的法國人互相友好地留了郵箱地址。他的痛苦顯而易見，但他覺得人的痛苦不是來自於腳，而是來自於心。我很同意。第二天他就回巴黎了。他很希望我去巴黎見他。他說他要帶我重新見識巴黎。但是我一直沒有機會。前年的時候，他說他的腳發生了新的情況，住院了。我說我想去看望。他說好。那次我剛好就在法國南方，我從阿維尼翁坐了三小時的快速火車到了巴黎，按照他指定的醫院去了，可是說好的事情他又變卦，當我到達時，他出院了。光從巴黎火車站到他的那個醫院我就尋摸了半天，但我一點也沒嫌累。可是當見不到人時我就急了。我給他打電話時幾乎都哭了，但在電話裡他的聲音比我更難過，他說過去我還能笑著面對你，但現在不行了。

再後來他就不接電話了，我又給他發了無數郵件，他就沒再回過。

這些我都沒有告訴馬努威爾，在後來很多次的見面中我們都沒再探討過關於孤獨的話題。

因為我們有太多身體語言。

我們有許多新的領域。

我們不斷探索。我們還來得及發揮已荒廢的才能。

但我有時在想，德尼祿，三年前的你和三年後的他，是不是能代表整個來中國的外籍人士？也許這太籠統了，要概括這樣一幫像沙丁魚般密集的人群僅僅是一種妄想。但作為你我他，就如骨上的軟骨和脂肪，我願意相信這是個貼切的比喻，而不是一個隨口說出的謊話，儘管謊言能讓人內心平靜，甚至具有決定生死的力量，看你怎麼運用。

如果說還存有更通俗的說法，那就是三明治。纏綿悱惻，曲折不止。只是三明治太厚，吃相像吃人，女人夾在中間，不光是喘息，呻吟，還得逃命、掙扎以及熱烈而絕望地訴說那些無休止的事與願違的錯亂呢。

3

在之後跟馬努威爾接觸的時光裡，他曾不經意地問我，你的義大利男人是什麼性格的人。

我告訴他，曾經也很溫柔。但不知從什麼時候開始，他那義大利式的暴躁和狂妄飛滿了天空，好像他永遠也不能靜下來了，撒旦在他身上打開了按鈕，任何事物在他面前都一碰即碎，而他自己認為從他喉嚨裡發出的都是真理。甚至對我的一襲黑色真絲睡衣咆哮，他說他要抱的是純棉，而不是真絲。可是，絲，想想看，四千年的歷史了，差不多跟黑髮一樣久遠。

馬努威爾說他明白了，他不一樣，他很尊重中國的絲，說著他拿出一個早已準備好了的精美的包裝盒，裡面是一條深湖藍的絲巾，絲巾上印有一個正在飛翔的馬，他笑著說這個馬是我，「It's me.」。現在他把它送給我。

當時我正站在他使館的客廳裡，我正穿著一件發著亮光的黑色西裝，長得有點像夜禮服，他把絲巾繞在我脖子上，說：藍配黑，是一種永恆的美。

但事已至此，在如今我的回憶中，我盡量逃避著那雙充滿著光輝的西班牙眼睛，甚至我告訴我自己千萬別相信，人的一生中有太多的元素，像我們的夢一樣不可知，夢裡夢外都無法將真相展示。

那一晚他還給了我兩本西班牙古典小說：《塞萊斯蒂娜》和《侯爵府紀事》。

第九章

1

二〇一三年六月八日，在站崗哨兵的眼皮底下，在那棵枝葉茂盛的大樹下，我們舉行了第二次的法式禮儀。「你好，你好嗎？」「謝謝，我很好。你呢？」「很好，謝謝。」

他的眼神停留在我臉上時依然是年輕男孩的羞澀與靦腆，智者都知道這是另一種勾引的信號。我一邊捕捉著這種瞳孔的光與愛欲的溫度之間的極其細微的區別，一邊饒有興趣地跟著他。

待走進使館，一關上大門時，偌大的空間只剩下男和女了。性別之間的差異未經許可就開始互補，直到神經末梢。

上午快十一點了，他才發出邀請問能不能十二點到。我說得十二點三十。約會的女人得沐浴更衣，弄不好還得精油香身，他說晚半小時當然可以。他能想像到晚到的這半小時女人究竟會幹些什麼，尤其是上了點年紀的女人。

我的頭髮還是很亂，它們就沒有整齊過，它們不能固定在規定的框框內，對於這樣的女人，男人似乎很難再有更高的要求了，此刻這些凌亂的頭髮在依然散發著顏料味的畫室裡被一隻大手拽得更亂了，我的嘴唇和舌頭被指示著尋找埋在胸脯毛髮裡的紅色的小豆豆們，它們相信舌頭的力量。舌頭和導彈一樣，都會在瞬間讓人失去控制。

我的嘴被移到了下面，瞬間被從褲子裡伸出來的堵了個徹底，我抬高牙床，用玫瑰色的舌頭和收緊的雙唇真誠地包裹和撫摸，我感到了痠脹，有科學家分析，女人的忍耐力是男人的五倍，甚至她們為了能達到目的會用畢生的時間跟男人遊戲。我相信這是本能，也是一種推動力。他冷靜地操作，直到最後的衝刺階段。

他沒有動，依然站著，一陣痙攣之後，似乎還沒有回過神來。如果要讚美他的身體，我認為首先從有著優美弧形的睪丸開始，勻稱，飽滿，結實，而且上面的正中間有一個小小突起物，像海洋裡的珍珠，跟著他一起沉浮。珍珠是不會消失或溶化的。我用舌頭輕輕舐著它，我知道，這是他身體裡的除了兩個乳頭之外的第三個小豆豆。

他提上褲子，拉上拉鏈，但男人的拉鏈總是拉不上去。因為有漏洞，光也漏了出來，世界明顯地亮了許多，因為那兒也許藏有橘黃色的救生衣或是什麼頭盔，女人的臉也因此快樂和痛苦得走了形。

縱觀藝術史，顏料味必須和精子味攙透在一起就像馬必須跟騎手在一起。

2

當我們平靜並且理智地坐到客廳的沙發上時，他讓我看看他的牆。

我的頭還在嗡嗡嗚顫，眼睛裡泛著潮濕的水，但還是努力順著他的指引，我看到了他的牆，上面全是他畫的大海，他說這些全都作於西班牙，這次來北京時就隨身託運過來了。

是的，儘管我嘴巴裡還殘留著魚腥的味道，還是回想到了我們第一次加入微信時探討的話題，我們探討大海，探討救生圈，探討沒有任何希望的岸壁……他用他的牆組成了這些含義，有的大海用黑色低語，有的用灰色吶喊，波浪是用牙膏狀的白色和黑色擠上去的，彎曲的線條則是無止境的夢幻。

二十二幅畫，二十二個大海。他告訴我，他在畫這些畫作時，正是他最危機的時候。他把這個危機斥開，變成很多個零件隨身攜帶，他在其中篩選出四幅大的，十八幅小的，裝裱成框，掛在牆上。他說這些話時，已是兩個月之後的一個夜晚，夏天過去了，涼爽的秋風透過窗子撫弄他的髮絲，他看畫的神情超然世外。

而此刻我並沒有想到他除了因為荷爾蒙的堆積之外還有別樣的沉重。我久久地看著那堵牆，似乎整個空間都彌漫著跟我嘴巴裡一樣的濃濃的海腥味。

這時他手上拿著我的法文版的小說，說是終於看完了，看得夜不能寐。問能不能送給他。他說，因為那裡面也提到了海，雖然是新加坡的海，但跟我的海也有關聯，好像就是同一種海。

這是我的最後一本法文版的書了，但我毫不費力地點頭應允。似乎我們之間因為這本書又有了一種新的聯繫，一種混紡纖維，或者乾脆是一根繩子，是結實的。他把書翻到第一頁的空白處，說：寫些什麼吧，你的一句話。用中文寫。

我望著面前的空白處，雖然這些年我早就沒有了寫字的功能，我的內心是一個被廢棄了馬圈，但此刻卻有那麼多堵在喉嚨處。我知道那只是他未盡的液體。

他又問道：「你的小說寫得怎麼樣，有沒有寫殘奧會？」

我舔了舔嘴唇說，上次那個法國和阿拉伯人的題材還沒寫完。

「你打算寫多少頁？」

「四百頁左右吧，現在差不多三百頁了。」

他睜大眼睛敬佩地說：「真了不起。」

我心想男人怎麼這麼快就理智的回到生活中的角色了呢。而我的臉似乎還在扭曲著。肌肉處於僵硬狀態。我想了想，好不容易找到一句話：

「你還沒看就表揚了嗎？」

他指了指放在桌子上的書說：

「好吧，那就權當我說的是我看完的這本書吧。」

說完他得意地看著我。

我笑了。只聽他又說道：

「它確實是一本好小說。」

我在沙發上調整了一下身姿，告訴他這在當時的中國引起很大的轟動。還有新加坡。當然主要是說壞話的人多。

「為什麼？」

「我寫的是妓女，所以他們也認為我是個妓女。人們不會同情這類女人的，哲學上也不會理解這類人。」

「那你寫一個司機，是不是也認為你是個司機呢？」

我又一次笑了。

「我很喜歡裡面的基調。黑暗，殘忍，真實。」

我低著頭聽著。

「不過我真的有一個疑惑，你書裡的那個男主角有真實原型的吧？」

他詢問的眼睛裡有一絲困惑。

我承認說是的，有。

「當然，我只是問問。」

他寬慰我，放鬆地用手輕輕摸了摸我的頭頂。彷彿自己有點羞愧，這不是知識分子問得出口的事。

我說：「中國這個民族是不重視體驗小說的。」

「為什麼？」

「可能還沒進化吧？概念這種東西總是占上風。」

我們又談到了諾貝爾文學獎的中國得主莫言。他問莫言的作品究竟怎麼樣。我說這個獎當然沒給錯人，至於他的是非，那是另外的事，就作品而言，他是我們東方文學的驕傲。

說到這裡，我突然想寫這樣的話，於是我拿著筆在那塊空白處下寫道：

「你的腦海是無邊的海。」

旁邊還英譯了一下：

“Your head sea is a sea without storm.”

我無法用英文譯出中文的美感，法語也不行。我跟他解釋說，思緒裝在一個器皿裡，這就是腦海。他不懂，我又進一步說，我們中國人喜歡把腦子裡想的東西，或者腦子裡所有的東西不管是黑的還是白的都攪和到一起形成了海，所以叫腦海，head sea。

他似懂非懂，但很喜歡「腦海」這個詞。

他拿來一張白紙，讓我把中文「腦海（nao hai）」寫在紙上。寫完之後，我說：

「總的來說，腦海是一種放思緒的倉庫。」

他依然困惑，彷彿進入一個狹窄小巷找不著家。他拿著那張紙，嘴裡在念「腦海」。我又跟他打比方：「比如我現在腦海裡浮現出我外婆的形象，她蒼老，瘦骨嶙峋，苦難了一生卻死得很慘。她曾經是大小姐，出嫁時有一個包著四個金角的樟木箱子，後來作了我母親的陪嫁，再後來，母親把這個寶物託運到北京，放在了我的床頭。這些都是出現在我的腦海裡的東西。」

3

他放下手中的白紙，不糾結「腦海」了，卻對我的外婆感起興趣來。我也徹底回到現實中，開始滔滔不絕。我說她從大小姐變成一個地主婆，革命時人們在她褲襠裡放進一隻貓，把兩隻褲腳紮緊，然後拿一根棍子打這隻貓……

他嚇得不敢聽了。所以我就不說話了。

我看著他。久久地，他突然把他的大手放在我頭頂上，並用勁擰向另一邊。他說：「不要看我，看我畫的大海，就在這時候。」

我真的開始看海。我的背部開始出汗了。我突然感覺我和這位叫馬努威爾的西班牙大使的情史是有色彩的，我們共同面對骯髒，慘澹和惶恐。那就是他的海。此刻，我渴望在這海邊他把我的頭再次粗暴地按下去，把頭髮弄亂，再把那絕美的男根掏出來折斷我的舌頭，堵住我的所有出口，只要掏出來，它就是復活節，也是受難日，也許多少年後我再記不起他的面龐，可是我能想像我們一起抬頭看海的眼神，大海飛濺著，呼嘯著，白的海，黑的海，這是我們來到人世間的第一次互相噴射的液體……

但是頭頂上的手輕輕放開了。他不知道在這個偌大的客廳裡，這堵牆需要開墾新的刺激的領域，我相信精子的溫度能夠溫暖那些疲憊的詩歌一樣歌頌死亡的海洋。

4

那條藍色的閃著微光的絲巾，裡面印有一個向前奔跑又突然回頭凝望的馬頭。馬鬃紛紛揚揚地飄蕩，馬頭側歪著，剛好現出一隻全神貫注的馬眼。眼白和眼珠是那種歷經磨練的超然世外。

絲巾沒有被摺疊起來圍在脖子上，而是展開橫掛在臥室裡。

常常，我像一塊磁鐵盯著這隻獨立的馬眼。我想起他說的話：這就是我，「It's me.」。

第十章

1

在他的畫室對面是一間客房，不大，床，床凳，兩個床頭小櫃，牆角處一把椅子，別的什麼也沒有了。深鵝黃大花圖案的落地窗簾以及同樣圖案的布做成的床罩。我讚嘆著花布的美，婉約和優雅，彷彿還散發著檸檬香和橄欖味。如果給女人做件衣服，它肯定是充滿誘惑的。

房間不大，但床絕對是完美的，由兩個單人床拼成的一張雙人床，床上堆滿了他的畫，畫上同樣彌漫著顏料的氣味。他小心翼翼地把畫往一邊挪著，挪出一塊空地，足以容納一個人體。

就在我躺下時，我注意到床頭櫃上放著一只玻璃杯，杯底是一層油，無味無色，他彎身把放在角落的椅子搬過來，坐在床邊，又小心把手指伸進杯底，沾了些，開始在人體上滑動美妙的琴聲，他全神貫注，他知道如果一不小心就會出現一個危險的音符……

危險的音符總能使女人的臉變形，挨著肉體的是小山一樣高的神祕的畫作，69重疊形態再次出現。就這樣，藝術與情欲相輔相成地揉合在一起了，我堅信一個是6，一個是9。

我的呻吟和尖叫，無遮無掩，客廳裡的大海都聽到了。

很快也出現了他的裸體。

突然他張開結實的屁股，讓我看見了他的開著玉菊的洞庭。我的臉騰一下紅了。

他說舌頭一定要輕，說著自己伸出舌頭示範了一下，我立刻明白了，像魚在游，也像水草在漂。

我雖然替他羞愧，但我閉起雙眼，當我的舌尖膽顫地牽動那溫軟的地帶時，我已把它喚作了我的小心肝。我在想著一個問題，如果天空中有一只風箏，那麼，現在，只有舌尖才能摸著引線。

他整個人被引線牽帶著，他連聲說：nice, nice。

後來，再後來，風箏和引線全都沉沒大海。

魚也是有舌頭的，牠的舌頭就藏在我的嘴裡。

當他終於平息了小憩時，我枕在他的胳膊上，眼睛睜得大大的，伸出手在他長著密實毛髮的肚腩上輕輕畫著漢字「腦海」。他的「腦海」究竟是什麼樣的「海」呢？他究竟是什麼樣的男人？他為什麼不插入？他為什麼只在我嘴裡射精？

但不管怎樣，我都不敢問他，我只是想把我在他身體上畫下的「腦海」刺青到他的腦海裡去，或是那個睪丸上的「珍珠」豆豆裡。

我們從床上起來，出房門右拐是一個衛生間，我進去了。而他裸著身子左拐上樓了，去樓上的衛生間。我想洗一個熱水澡，像第一次在他樓上那樣，但這個樓下的，當我進了淋浴房打開水管時，無論是向左還是向右都沒有熱水。我只有將就著洗了個冷水澡。我哆嗦著，但是再冷也能感受到他的光和熱。

在畫室裡他拿出兩幅人頭像，都是油畫，不大，同一個尺寸，一幅是男的，是他的自畫像，另一幅是女的，不用說，那是他的夫人。但他就給我看他自己的，他說這是很多年前的作品。我一看就衝動地把它摟在懷中，我說：「送給我吧。」

他連連說：不，不。

說著伸出手搶。

我把它在我懷裡搗了一會後，才歸還他。

我還看到一幅很私密的油畫，在畫室裡的書架上，在不被陽光照耀的地方，放著一幅女人的關閉的陰部的油畫。我常常盯著那地方，心想：長得跟我的一樣。

他有沒有意識到呢？也許他認為女人都一樣吧，那關閉的裡面永遠是空虛的，永遠都在「要」，一「要」這個世界就骯髒起來，就像德尼祿你說的：如果沒有了女人，一切都會乾淨許多。

他給我看他的幾幅新的畫作，詢問我的看法。我裝作大師深沉難測地闡述我的觀點，難得的是他都能理解和接受。

使館門前馬路上的樹，總令我思緒翩翩，過了十字路口向北走，從第一棵樹走起，走過第八棵之後，就是使館大門，哨兵身後的是第九棵樹。從黑暗中出來，走過那棵樹，再走在馬路上，路兩旁形成拱狀的低低的樹葉層層疊疊，微風吹過時，形成葉浪，每一片都是音符，每一片都使人變形，跟他的靈巧的手指一樣。我想像他出神地凝望它們，感受我怎樣來回穿越這些音符的。

這些究竟是什麼樹呢？有一次我情不自禁地摘下些葉片放進包裡，然後見機掏出來詢問路人。幾經周折後才知道無知害死人。一個小夥子輕而易舉地告訴我，這是槐樹，準確點說是國槐，而不是洋槐。葉片形狀不一樣，花也不一樣，國槐花是那種帶尖的青白小花兒，洋槐是葡萄樣的串兒花。

再放眼看去，北京處處都是槐樹，槐樹和白楊是北京的植物特點。而且，居然連我家門前也是這種一模一樣的國槐，而我卻渾然不覺。

樹是一樣的樹，怎麼使館區的那幾棵就顯得不一般呢？它們戒備森嚴，危機四伏，閃閃發光，甜蜜醉人。它們用密密麻麻的樹葉編織成一張西班牙情網。

2

他的祖父是西班牙著名的作曲家，卡拉雷斯來中國演出時唱的正是他祖父作曲的歌。他說他在台下聽著，感覺很是神奇。

我回應說是很神奇，也許這正是你祖父當年的祈禱應驗了，他希望無論在哪裡，都能以這種方式和藹地撫摸子孫的臉龐來證實自己的曾經存在。

那時我並不知道，他的妻子會邁著優雅的步履，漫不經心地出現在我的面前。

他的妻子是一個棕色皮膚的女人。

他的妻子的身上重疊著他的氣息，她也像我一樣崇拜他的藝術和肉體嗎？

我不說話，悄悄呼吸著她，妄想從中找出破綻。

第十一章

1

德尼祿，我知道即使我不說話你也能聽得見我的聲音。你一定不贊同我以寫書的方式來傷害他。但我想說——男人和女人互相傷害才在一起的，不是光女人被傷害。我想說的是男人傷害在先，女人沒辦法了才施展才華去謀害對方的。一個男人和一個女人的緣分其實就是互相傷害的緣分。

是的，是傷害使我們變成如此不分你我，無論是跟你還是跟馬努威爾，它都像一個祕密在彼此的身體裡生長，即使是你的死亡，即使我一次次擁抱你你也無法醒來的死亡，還有，即使他，即使那個叫馬努威爾的西班牙大使的高高在上的臉也在一瞬間也變得死人那樣蒼白，這個彼此傷害的祕密仍然沒有停止，誰能停止他門前的那棵樹在龐大的根莖下生長呢。

2

我跟馬努威爾探討過什麼叫人的命運，我跟他講，中國人把「命」和「運」分開的，「命」是你被動接受的，比如父母、家庭，周圍的一切，「運」是你主動爭取的，這兩者結合在一起就是命運，他說有道理。「但我更相信人世間的所有的一切都不是偶然的。」

我抬頭又一次看他牆壁上的大海，我說，你看，大海是一個巨大的魚網罩在人們頭上，沒有人能躲過去，他說，我覺得大海自由的空間趨向無窮大，也許這就是你所說的「運」。

說著這話時，我躺在使館的客廳的地毯上，上身裸著，下面是一條長長的牛仔褲，他喜歡我這個樣子，撫摸起來方便，他還說我的皮膚好，手好，舌頭好，我深信不疑，他是大使，他肯定說得對。

至於乳房，德尼祿，並不是你隨便摸的，摸一個三百元，兩個六百。這是法律。可是你的手不懂法律，一邊看電視，一邊手就上來了。我說請付三百。你笑了，不過一邊喊著「嘎早」一邊還是從錢包裡掏出錢來如數給我。我狂喜。我說，那麼還有這邊一隻，也請摸一下。這時，你的手躲得遠遠的，「那就下一次再摸吧，等我找到工作的時候。」

3

值得一提的，是那些油，從樓上，從馬努威爾自己的臥室裡倒在一個喝水的玻璃杯裡。杯子太大，太單調，不適合這種場所，營造不出更多的氛圍，但是其潤滑作用可以塗抹某個地方，便於把手指插進去，毫不費力，由淺及深，由一根變成兩根。

玻璃杯早就準備好了，在我未進使館之前當我們在哨兵眼底下以法式禮儀寒暄時，它就被放置在棕色的床頭櫃上了，在耐心等待，雖然身體本身有水，但還是需要輔助，關鍵是他從未想過要換一種容器，至少應該是他曾欣賞過的櫥窗美男手拿的那杯彩色香檳。

聲音在沾著油的手指下飛滿使館，如果再響點，外面站崗的哨兵就會聽見了。

女人貪圖美麗的東西，但身體的多孔讓人感到屈辱。馬努威爾有些枯燥，在大使館待久了的人都有些枯燥，他總是濫用他的手指，他得找著他認為合適的地方進行挖掘。我越是感到見不得人的地方他越是喜歡。他看我羞怯，認真地勸導我說：這個地方僅僅屬於我，我的也僅僅屬於你。

他說得很是動情。他甚至把他的唇印深深地烙在上面。他在美化還是誇張？

我側過頭去。

那時他還不知道面前這個表面上溫柔但骨子裡狂野的女人不簡單，也具備挖掘才能，一個執拗地用挖土機來挖掘真實的作家。面對這樣一個女人，她的嘴巴可以用舌頭堵住，也可以用粗細適中的玉莖堵住，也可以拿一塊廉價的蜂蜜填滿，更不用說那對豐富多彩的乳頭了。

第十二章

1

一般來講，歐洲上了點年紀的老女人的打扮是有目共睹的恐怖。五十歲之後便穿金帶銀，除了臉上又濃又黑的妝之外，脖子上，手腕上全都是層層疊疊的粗粗的飾品。

但是這位夫人不一樣，幾乎沒有任何首飾，除了一副銀白色的耳釘。也不化妝，一頭金黃色頭髮編成了一根粗粗的辮子，樸素得像從海邊來的一名漁婦，但是面對一群圍繞在她丈夫身邊的中國美女，她的目光飄然淡定，一副正牌老婆的派頭。

儘管她年紀大臉色看起來像一頭疲憊的海豚，但是韁繩在她手上。

這裡是坐落在北京北郊的一個中國旅法畫家的畫展。受友人邀請我塗著厚厚的粉脂混雜在幾個年輕美女裡。沒想到他和他的夫人也在。

原來他夫人來了。她是來了就不走了呢還是僅住些日子？她愛他嗎？他愛她嗎？他們有孩子嗎？有幾個？男孩還是女孩？不得而知。

但既然夫人來了，我還能從這個男人身上榨出溫柔的情感嗎？

除了激情，他是一個溫柔的男人嗎？在我想他的夜裡他是能感覺到的，曾在一個雷電過後的夜晚，他發微信說：暴雨中的雷聲和閃電能激起作家和畫家的靈感。

我久久望著這些字，想像著他在深夜獨自行走，腳落在厚厚的地毯上，他的思想跟隨他，雷和閃電也一同跟隨他……

我不知說什麼好，我對雷電除了害怕沒別的感覺，更別說靈感了，但只得順著他的思路，假裝激情地回說：當閃電照耀你的大海時，是怎樣的一幅美景！

2

就在他被我稱之為「失蹤」的時間裡，他去了蘇州，給我發來他在「遠香堂」的照片，這位「翩翩君子」，這位「攝魄」者，穿著淡藍的襯衣，在陽光下把玩他的笑容；去上海時給我發來一首別人送給他的中國古體詩，並徵詢我對這首詩的看法。我說當然是好詩。「一夕輕雷落萬絲，霽光浮瓦碧參差，有情芍藥含春淚，無力薔薇臥曉枝。」

他是和他夫人一起遊江南的。

這天是七月十二日，二十天前才和他見的面。而她是哪一天到的呢？

他們在上海時他還給我發來一幅畫，是他的作品，前幾年他來中國辦畫展時賣出去的，現在居然還尋訪到了。再一次看到「賣出去的」幾年不見的曾經的作品，血液猛地衝到臉上，既激動又衝動，彷彿活生生地遇到了「故人」。

3

「情婦」一般是喝倒采的。好在只有馬努威爾知道。保密工作做得很好。剎那間他見到了我，依然以在哨兵眼皮底下的歐式禮儀在我兩頰親吻。「你好，你好嗎？」「我很好，謝謝，你呢？」「很好，謝謝。」

他的眼睛裡看起來充滿了快樂和喜悅，似乎他沒覺得在這個畫展和我「邂逅」是個麻煩，也不擔心被「揭穿」。但他並沒有介紹我和他夫人認識。對方幾乎沒有意識到我的存在，我紅了臉，卻多看了她幾眼，她上身穿著白色棉服，下面是一條土黃色的亞麻休閒褲。棕色的肌膚裡能見著貼在皮膚上的淡黃色小毛毛，臉型呈馬鈴薯狀，很圓。對她來說健康就是漂亮。

但後來我又發現當她微笑時，卻能牽動鼻子眼睛組成既婉約又別致的畫面，再加上她低沉的笑聲，那是很容易讓人心動的瞬間。

我那天穿著一身紅花衣衫，當我們一起走進展廳時，我看到牆面上掛滿了畫，僅僅是一些掤了畫布的畫框，還沒有開始畫。我很失望，問馬努威爾說：

「哦，那他什麼時候開始畫呢？」

他說已經畫完了。

我說沒有。

他說真的畫了，來，走近看看。

他向我招手。

怎麼可能呢——我一邊說一邊走過去。

他用白色的手指點著畫布：你看，這，這，這，都畫了。

我把眼睛湊上去看，僅僅是一些暗點和細紋。

我笑了，我覺得他在開玩笑，他在逗我。

他也笑了，說：再退後看看。

我按他的話做了。

好像真有些圖案。

再看看，每幅畫都有圖案，而且還能看出是雲，一幅幅不同形狀的雲。

我恍然大悟。難怪過去有人說現在有些畫家就用一塊白布或是黑布掛在牆上，什麼也不畫。

4

大使夫人少言寡語，她對這位畫家展出的畫似乎也看不太懂，她也不想裝懂，她突然小聲地對周邊人說：「有誰想吸菸的，一起出去吸。」

沒人吸菸，但我很願意陪她去，既然她這樣問了，就得有人回應。

這時男人卻投來驚異的目光，他不知道為什麼偏偏這兩個女人走到了一起。

我笨拙地跟在大使夫人後面，我覺得這條路有點複雜。七月份的太陽有點炎熱。我們選擇了一棵樹，一棵槐樹，樹下有一個圓桌，她把她的包放在桌上，我也把我的包放在桌上，我們都從各自的包裡掏出了香菸。我的是中南海3，我抽出一根給她遞過去，卻被她搶了先。她說先抽她的，並非常真誠又謙遜地給我點了火。火光中，我實在是覺得人生如戲，該見面的人無論相隔多遠，都會相見的。

這是個什麼樣的女人呢？她的內核究竟強大到什麼程度才成為如今的大使夫人的？我查過馬努威爾的資料，他一直在外交部工作，在政壇上，他的仕途跟他的繪畫一樣是個有天賦的人。

我決定謹言慎行。

我的眼神透明，友好，這是一個偵察者所具備的起碼要素。我一邊吸菸，一邊看著她怎樣自信和旁若無人地把煙霧從肺裡深深地吐出去，煙霧籠罩了她的臉龐。她也盯著我的臉看。她在想什麼呢？她有沒有覺得面前這個黑眼睛的中國女人有點來路不明？

天空是那種少見的深藍色，槐樹密密麻麻的樹葉遮擋著烈日，但一點兒風也沒有。

我隨意的向她問道：在使館裡，你也抽菸嗎？

她隨即露出甜蜜的笑容。

「抽啊。當然。」

「他，馬努威爾不討厭煙霧嗎？」我解釋道。

她輕輕笑起來說道：「不，不，我們在一起共用所有的事情。」

哦，共用。我立即想到了他們同眠共枕的情景，就在樓上那個大大的臥室裡，馬努威爾是不是也像摟住我那樣摟住他的妻子？他們是同舟共濟，一條船上的人，而我和他只是狹路相逢，瞬間即逝。

他們還一起說話，隨便說些什麼。他們一前一後去臥室對面的洗手間刷牙洗臉，一起喝咖啡喝香檳喝茶，一起出席各種各樣的外交活動，一起在使館的二樓上看電視。他們還不斷聽到對方抽馬桶的水聲。他們一起甜蜜地交談對於各國食品的感受。他們彼此越過身體的界限，進入彼此的記憶。他們是夫妻，一切都共用。

「哦，」我露出羨慕和欣喜的神情，打探道：「北京是個不錯的城市，藝術氛圍也好，你不一直待下去嗎？」

「不，我僅僅過來度假。」她說。

聽她這樣講，我開始高興起來。

我說：「太遺憾了，應該多陪陪您丈夫。兩個人在一起多好。」

「但是工作太忙了，下個月底就不得不回去。」

我又問道：「我的職業是作家，那麼您呢？」

「律師，替人打官司。」

「你們的孩子呢？」

「兩個兒子，不過都已大了。不用操心。」

每次的回答她都是微笑著的。

神仙一樣的馬努威爾從不告訴我這些。

我心想此刻的馬努威爾在畫廳裡肯定是心不在焉了，即使他在跟別的女人說話，他也在想像外面的兩個女人到底會說些什麼。

面前的她有一個石榴般的腦門，顯得倔強而堅強。我想她靠自己的能力和知識吸引了馬努威爾，她可以在使館裡抽菸。他們有孩子，他跟她是有插入的。她無所不能。

一根菸抽完了，我連忙遞給她我的菸，並告訴她這種菸的焦油量只有零點三，抽多點也不要緊。她拿著我的菸盒看了又看，她說她以後也要抽這種牌子的菸。

我給她點菸，黃色的火苗在白天很是虛弱。

5

這時馬努威爾領著一幫人從這個畫家的畫展裡出來了，去看另一個畫展。他向我們招手，那姿勢像一個領頭大哥。

我覺得他出來得太快了，他實在是按捺不住了。到底他還是想著這邊的。他不能讓這兩個女人繼續談下去。刺激是刺激，但太危險了。

我們的菸還沒抽完。但也都趕緊拎起各自的包走在他們後面。大使夫人緊接著抽幾口，但路邊沒有垃圾桶，於是在路邊蹲下身小心地把菸屁股掐滅在泥縫中，我也學著做了。只聽她跟我說：「菸是好東西，沒有它我會覺得生活沒意思，還會無緣無故地肥胖起來。」

我說我去過西班牙的好幾個城市，巴塞隆納，馬拉加，還有跟法國相連的好幾個小城。

她說：「還是馬德里最好。」

說完她又笑起來。她的笑深深地打動我，我想馬努威爾也是。因為就在此刻，當他看到她的笑容時，他知道剛剛在他內心的擔心完全是多餘的：這兩個女人相處得很好。

這個渾身散發出熱量的男人停下腳步等我，讓我緊挨著他的右側一起走，白襯衣貼在胸脯上使得黃色項鏈閃閃發光。我接受了這無聲的溫情，還有他的目光，像從海邊飄來的清涼的雨絲在滋潤一個徒步的饑渴者。

一年之後，也就是當我跟這個叫馬努威爾的男人徹底搞砸之後，也就是二〇一四年八月六日的傍晚，在三里屯三點三商場的後門取款機旁，那兒有兩台取款機，我一向習慣在靠裡的那款機器上取錢，而當我掏出銀聯卡匆匆走去時，那兒已經站了一個人，我想搶在這人前面，卻又不好意思，於是向那人看了一眼。

這是個女人，只見她向我一笑，往後退了一步，我一看正是馬努威爾的妻子，那位大使夫人。

我一愣，心臟繼而「啪啪」跳起來。

她顯然忘了我了，對她來說，我只是個陌生的普普通通的中國女人，可是，她的笑，謙遜，友好，溫暖，漂亮，絲毫沒覺得我無禮，一會，她走上前，在另一台機器上操作起來。

我跟她並排站著，取錢。

我甚至還能聽到她的呼吸聲。

我一邊操作，一邊緊張的琢磨是不是上前跟她相認，是不是還應該像過去那樣探聽一下她到底什麼時候來的，來了多長時間了，因為她那位傷透我心的丈夫曾在四月份時，微信裡告訴我說，他的妻子來了，來過復活節了，後來他就石沉大海，音訊全無。我想從她嘴裡弄清楚他是不是騙我，是不是和我的想像一樣他其實在跟別的女人約會。

我還可以大膽地請她去喝一杯，在咖啡屋裡，直接談談她丈夫。把什麼事都抖出來。

這時，她的錢出來了，在「嘩嘩」的鈔票聲中，我仔仔細細打量著她，她比去年瘦了一些，臉已不像馬鈴薯那麼圓那麼結實，衰老把她的身體結構也破壞了，背有點駝，她穿著一件寬鬆的藍色碎花棉布褲子，上面是一件淡色短袖衫，一頭金黃色頭髮綰在腦後，耳朵上依然是一副銀色方形耳釘。脖頸依然是被太陽曬過的古褐色。

確確實實，她是個老女人了，但是她剛才的那一笑彷彿來自上天的光芒，讓我羞愧難當。

我不能打擾這位夫人的寧靜。或者說，現在還不是時候。或者說，我還不夠堅強，我沒有勇氣。直到現在我的臉還是通紅的。

我久久目送她取了錢之後的不慌不忙的離去的背影。

我知道我自己也非同尋常，我也老了，我也是老女人，這一年裡究竟在我身上發生了什麼樣的故事，當一隻火雞被血淋淋拔光毛時，腦袋裡研究的已經不是什麼真理、格言或道德，只有馬努威爾這幾個粗粗的音節，馬，努，威，爾，作為一種心臟的節律，脈搏的躍動，一個字也不少，在我身體裡狂跳並且夜以繼日地以飛馬的速度摧毀著我的每一個細胞。

6

夜色降臨，馬努威爾領著我們在一個餐廳把一張圓桌團團圍住。大約十個人，男女對半，色彩倒是非常鮮豔，各自扮演各自的角色，談笑風聲，混合的香水味，酒味，菜餚的味道以及大使夫人的菸味全都夾雜在一起。

馬努威爾執意讓我坐在他身邊，我沒有。我選了一個他正對面的位置。

飯桌上，一個男人和大使、大使夫人提到了古巴的雪茄，咖啡和海明威，海明威早期在西班牙，晚年在古巴……那絕對是有理由的。還有人不斷用中文講笑話，每回我都用沉著、得體的聲音給對面的馬努威爾翻譯，也讓他能跟著一起笑。儘管我的英語或法語都不標準，其他人不一定聽明白，但他是明白的。大使夫人抽著菸，她是個律師，她有雄辯的天才，有非凡的洞察力，但此刻，卻有著說不上話的感覺。

那個畫雲的旅法畫家被大家推薦得站起來唱了一段《卡門》裡的詠嘆調。有一個女友也被起鬨得離開座位，站在一旁開始跳古巴莎爾莎。美妙的身姿和舞技得到所有人讚賞。

有人說菸抽多了確實對身體不好。馬努威爾伸手拿開她夫人面前的菸盒，做了個扔出去的動作。大家都笑了。大使夫人說：「沒有菸我真的會變得很肥胖的。」

牆上的鐘時快時慢，當你有什麼快樂時，它就飛速旋轉。轉瞬之間，他們要離開了。但在離開之前，只聽馬努威爾對大家說：

「她的小說寫得非常好。」

幾乎沒人回應這句話。

似乎在這個年代去探討一本書的好壞有些可笑，人們對書沒有任何好奇心。和大使吻別。

我們心領神會地撫摸著對方的胳膊，指尖是有溫度的。當我的臉挨著他的臉時，我們都有些緊張。我注意到他的眉間有一絲顫動。

但大使夫人卻和我保持距離，當我想要跟她笑和擁吻時，她偏開了身子，但禮貌地對我說：「我一定會看你的書。」

男人走了，光也帶走了。桌上是些殘羹冷炙。

二十二幅大海在客廳裡轟鳴，迴盪，等待主人們的歸來。

7

一邊是四幅大的，另一邊是十八幅小的，小的密密麻麻挨著，一共三行，一行六幅，但被我數成了五幅。

「三五一十五。」

他歪著頭，眼睛看著我的臉，笑著，說：「再數數。」

我真的又默數一遍，三六一十八，哦，十八幅。

有時對於一個人的記憶就是一兩個瞬間，對於他，馬努威爾，他那歪著頭朝我笑的樣子恐怕得記上一輩子。

那瞳仁裡充滿了飽和的光的色彩。

第十三章

1

每當我遇到難關時我就開始回想你，德尼祿，你也有過很長的低迷期。有一次，我還沒醒，你那破落的聲音就出現了，你說你做了很多夢，全是傷心的夢，想想，五十多歲的人了，人生快結束了，沒有工作，沒有錢，只有一腔傷心夢。

"so sad, so sad."

朦朧中聽著這樣的呢喃，突然感覺繼續活下去真是一種折磨。我的被窩是這麼溫暖，早晨的陽光也很明媚，你的聲音卻刀子一樣冷酷的橫著。我緊閉雙眼，動情地安慰你說：

「不要緊，什麼都不要緊。」

你動了動，側過身子來，面向我，期待著準備從我這得到安慰。我解釋說：

「因為世界末日馬上就來臨了。」

那一天，離傳說中的世界末日還差六個多月，很快了。

你不回答，空氣僵持兩秒，你卻突然翻身，把你死豬一樣的身體壓在我身上，並用義大利腔調的英語告訴我我是狗娘養的，一個純粹的「bitch」。

「你就是我的世界末日。」你說，然後你就大笑起來。

你還記得你的灑在中國的笑聲嗎？我無法想像一個剛做完噩夢的人會發出如此轟炸般的笑聲。請記住，你失業了，哪也找不到工作，你什麼也不是，你只是一個下等的義大利公民，你不應該笑，你沒有權利笑，我們中國人都不笑，我們中國人整天都是世界末日，而你卻在這世界末日中讓笑聲響徹整座大廈。

有時你也狂妄地口若懸河地說著後現代主義設計，你說你在三十年前就參加威尼斯雙年藝術節建築展覽會了，「想想那時候，我才二十出頭，帶著自己的後現代設計來展覽了，那時候我就開始大膽說出現代設計的缺點：標準系統，拙劣平庸，而後現代在打破這種常規，是世界未來設計的必須走向。你看中央電視塔就彰顯了這種後現代的個性，它把背後的景色納在自己的褲衩裡，而且它在對抗地心引力，牛吧。」

我說那艾德里安史密斯呢？他設計的上海的金茂大廈，還有著名的杜拜塔，他曾經說過：高樓應該和所在城市保持一致性，而不是挑戰這個城市原有的東西。

「他這個話後面還有一個意味深長的括弧，那就是——中國除外，慢慢地讓那些平庸的建築風格淹沒在後現代裡。」

「抵抗地心引力有那麼牛嗎？有什麼了不起呢？男人胯下那玩意不是也一直在對抗嗎？尤其是你們義大利人，不是總在說『翹』嗎？你好也『翹』，再見還『翹』，總是『翹』，不斷『翹』」。

你聽出了其中含義，就笑了。

「這就是為什麼我們義大利藝術歷史悠久和偉大的緣由了。」

笑完之後你又說：

「還有，你剛才提到的史密斯，他在永遠追求一個高，無止境的高，如果中國電視塔讓他設計，那麼燒掉的不光是這座樓，而是整個北京城，你想想，消防雲梯才多高呢？野心人人都有，但還得有度。在這個度裡是可以盡情釋放後現代的設計理念的，比如三里屯的日本人設計的「瑜舍」，它的每一個細節都在拒絕平庸。黑白灰是它的永恆主題……但又不能濫用，看看現在的那些所謂的後現代建築設計家吧，不是模仿就是荒誕，我敢肯定，他們的腦子被臭襪子堵住了……」

你還在繼續說著，像開足了馬力的機器。我就想用臭襪子把你的嘴堵住，說到底，對我來說，你再怎麼樣，還是個修馬桶的，是下等人，是至死不改的總在『翹』的建築設計界的敗類。

除了你，我總是在上等圈混的。當然，說到這裡，我的臉紅了。

因為我現在是不是真的混上了一個上等人，是不是在你面前可以得意一把了呢？是不是也應該像你那樣發出長龍飛舞般的笑聲了呢？

如果是讓我老實說，跟馬努威爾，也不會好到哪裡去，也許在劫難逃。你知道女人的大腦有問題，她們使世界變複雜了，變髒了。

這一點馬努威爾是同意的。他還以此為主題畫了一個大腦，叫「苦腦」——「PAIN HEAD」。

他用黑白灰來體現他的繪畫精神，這恐怕也是他人生的永恆主題。

2

我幾次三番跟他說，中國是儒家大國，笑面虎，不管男女，都是當面一套，背後一套，笑裡藏刀，刀刀刺心，你在中國工作期間，尤其得心如明鏡，防人之心不可無，他們甚至在你使館裡，就在你的身邊策劃一場陰謀。

他一聽，臉上露出不以為然的神情，然後說了句特牛的話：陰謀是不分國度的。「再說，我在二十年前就來過中國了，和中國人打了很多年交道，他們是熱情的，善良的。」

他曾說過在馬德里幾乎人人都是孝子。因為關於「馬德里」這個城市的典故，世人皆知。

當這個城市還不叫馬德里的時候，在遙遠的古代，有很多吃人的熊。有一個男孩在外面玩，一個黑熊撲上來，他趕緊爬上了樹，正在這時，他媽媽來找他，媽媽只顧找孩子卻看不到熊，孩子著急地大喊「媽媽快跑，媽媽快跑」。

為了紀念這個孩子，這個城市建成之後就用「媽媽快跑（馬德里）」來命名了。

第十四章

1

「Nigas」，這個已在北京興旺了八年的西班牙人開闢的娛樂場所。開闊的露台上恣意揮霍著自己別具一格的美麗和優雅。藍眼睛們成串成串的堆在這裡，而女友A在哭泣，她在美國的丈夫有了外遇。她說：「這個時候我渴望聽到貝多芬的《命運交響曲》。」

但此刻，在這個炎熱的深夜，在這個偉大的「Nigas」露台上，此刻，我看到了身材高挑的臉色發白的馬努威爾。確實是他，雖然光影斑駁，但我看得清清楚楚。

我突然心醉神迷。

2

我依然看著四周，不動任何聲色。周圍的人結成一組一組，也有單個兒的衝到這兒，眼睛發出的光比燈還亮，陰陽香水味混雜一起，吊帶，絲襪，高貴鞋，英語，法語，德語，還有各種歡呼聲升騰在嘈雜的搖滾樂聲裡，有些西方女孩兒開始站在座位上跳舞。我心裡暗暗盤算著待馬努威爾坐定十分鐘就開始發起進攻。或者，二十分，或者半小時，他身邊還有幾個人，但沒有女的，夫人也不在。

這時他側過頭來剛好看到了我。

他依然一件白色襯衣，棕色牛皮腰帶束住微微發福的肚腩。過去在使館裡他常常是這樣的打扮，只是領口敞得更低些，一手摟著我，一起向前走去。我們溫情地依偎著。臨到我必須離開時，他也是這樣，一邊摟著我的肩一邊向前走……雖然有時恍然如夢，但是他的手臂和手指的觸摸讓我感到真實和溫情。

此刻他從椅子上站起來，我走上前，禮吻。「你好嗎？」「我很好，謝謝，你呢？」「我也是，謝謝。」

他身邊的年輕人也一起站起來。他說是他的兩個兒子。年長的二十五歲，但嘴巴周圍圈滿了中年人才有的鬍鬚。小的二十二歲。

哦，原來是全家北京遊。我不知道為什麼女主人不在場。

我穿了一件紅色吊帶，潔白的大腿波光閃閃，跟我的眉目一起向他暗示。他的小兒子滾動著調皮的眼珠向父親說了句什麼，西班牙語，我聽不懂，但是父親立即笑了，並向小兒子深深地看了一眼。

他那個眼神——看兒子的眼神——像是看心愛的人的眼神，那裡究竟飽含著多少愛呢？很多日子以來，那眼裡的光芒竟引起了我的幻想，我也想一直能依偎在這樣的光裡，沒有任何一種黑暗可以淹沒它。

在吵鬧的樂聲中，他貼著我的臉說兒子們這個月底就回西班牙了。

「他們一走我就給你消息。」

我連連點頭。

我心滿意足地回到了女友Λ的身邊。

但是不久，馬努威爾離開了。我目送那帶著淡淡倦怠的高高的背影。

他的兩個兒子繼續坐著。

我立即拉起女友A站起來。

於是我們四人神奇地組合到了一起。

來的人越來越多了，拿女友A的話說「總是深夜十二點，準時上貨」。「貨」在夜晚看來全都製作精良，他們乘飛機，乘渡輪，乘風，乘雨，乘雲，飄到北京這塊有著絲滑美女的獵區。在這些娛樂場所，他們總是邁著均勻的步子，用狡黠的目光先把女人一個個審視一遍，然後聽從自己胃口的需求。

他們先看臉，然後看胸，看大腿，最後目光會落在鞋上。鞋傳遞著欲望。如果是高跟，尤其是超高超細的那種，便存有敲詐，脅迫，引誘之嫌，這種人群很容易上手，廉價情也是情，一夜情也是情，灼灼發光，生活就靠它滋養。

樂聲更大了，雹子那樣大顆大顆地砸著。兄弟倆很享受。

弟弟的臉有點長，下巴往前挺，頂著一頭亂蓬蓬的象徵著自由的黑髮。那雙眼睛太大了，又黑又亮，所有這些跟有絡腮鬍的哥哥形成鮮明的對比。哥哥不光成熟穩重，連個子也沒弟弟高。他在馬德里一家銀行工作，弟弟還在讀書。

我給女友介紹他們時，他們倆像說相聲地背靠背。弟弟說：

「這是我親愛的哥哥。」

我說你很愛你哥哥啊。

「是的，他為我做任何事。」

哥哥說，他也為我做任何事。

我說至少有些事得自己親自做，不能互相代勞的。

他們聽出了弦外之意，全都大笑起來。

在他們的笑聲中，我又回想到了馬努威爾向他們投去的眼神。這個家庭被愛保著暖，他們利用各自身心發出神奇的熱量，形成一個暖氣爐。如果有誰潑冷水，那無疑觸犯了上天。

我想我不是破壞者，我應該保衛他們，保衛這個家，就像使館那些日夜站崗放哨的士兵那樣。

那些士兵，他們是幸福的，他們每天都能看到他們的主人馬努威爾。他工作時是什麼樣子呢？在審批文件或是在什麼申請簽證上揮灑自己的大名時是不是嚴肅和可怕得像一個法官？

3

二十二歲的弟弟和我坐到了一起。他欣賞我的紅色吊帶和絲襪，水果腐爛了，但越年輕的越看不出來。他博學多聞地跟我講著歐洲的歷史，地理，西班牙革命甚至是中國文化大革命。我跟他講西方的教堂和東方的菩薩，我說任何宗教都是苦難的化身。

講著講著，我感覺到年輕人的手纏在了我纖細的腰上，正蠢蠢欲動，我想像馬努威爾離去時在熱鬧的街頭上獨自行走，向北走過三里屯太古里，再走過一個十字路口，走過那八棵樹，回到他的官邸。這一路上，他會回味我嗎？

狂放的年輕人要跟我接吻，我拒絕著，我為偷他的青春羞愧萬分。我在想像多少年前對於馬努威爾的經歷，他的身體，孩提時的，十二歲的，十五歲的，十八歲的，二十歲的，是誰在一個深夜的角落為他輕輕解開內衣露出處女的乳房？他還記得是誰的手撫摸他的頭髮他的大腿，是誰把他的腳當寶貝摟在自己的懷裡？

弟弟嘗試著說法語，但他的辭彙量不夠，不像父親那連綿的細雨的語調。我問：

「就在剛才我跟你父親打招呼時，你說什麼話引得你父親發笑的？」

他愣了一下，這時哥哥也和女友A停止了談話，朝我們看。但這兄弟倆隨即笑了。弟弟說他當時問父親是不是遇見自己的女朋友了。

我也笑了。心卻顫動起來。

「你知道他有女朋友嗎？」弟弟問我。

我似乎臉還紅了。我搖搖頭。弟弟放鬆地說：

「其實他女朋友是我媽媽，她既是妻子，也是女友，也是朋友，我們是他的兒子，但也是他的朋友，只要我們全家在一起，我們就滿足得別的什麼都是多餘的了。」

我不禁挨著他的臉說：「這是我聽到的最動人的語言了。」

「那麼明天我能去你的家嗎？」

我說當然可以。

「真的嗎？」

「真的。」

「真的嗎？」

「真的。」我又一次肯定道：「但是你得有大人的衣服。」

「我父親的衣櫃裡有很多。」

「你父親的衣櫃？」我沉思起來。

「不可以嗎？」

「當然可以，我喜歡你父親的衣服。」我說。

多少次我想像馬努威爾能夠踏進我的家。

這時我站起身，來到露台的一個角落。

那是朝向那位親愛的父親的方向，天上有北極星，他肯定潛入到了深度睡眠，誰都在愛他，連吞噬他的黑暗都把他寵進了甜美的夢鄉。

我靠在露台的欄杆上，茫茫一片光海，我幻想著張開兩臂，像一隻會飛的大鳥，而他，馬努威爾在我後面緊緊貼著我，我的頭髮飛揚在他的臉上，他完全沉迷了。當一個人快死時，他的心臟還會不會因為一種什麼東西而疼痛？

「Nigas」，總是在我處於困境時給我安慰。我還喜歡這兒的經理，艾杜，一個靦腆，謙虛的西班牙年輕人，肌肉結實豐滿，臉上總是仁慈的笑。

他總是不跟我要門票。

第十五章

1

魚還得給會吃魚的人享用。不小心就會卡在喉嚨裡。

但也有奢華的部分。他把畫室對面的那間客廳完全騰出來成了我們的密房。一大批畫被消化到了某個櫃子裡，床被黃花棉布嚴嚴實實地罩著。

白色床凳急切地等待著被快速脫下來的帶著汗濕的衣服。「san petit quilot」小內褲是多餘的。

畫室和密房之間是洗手間，大理石檯面上放著大束黑色的花，透明的玻璃花瓶散發著馬努威爾的情調，其他的幾個洗手間也被香豔和優雅擁簇著。

面對裸露的胸脯，我很快認出那兩顆粉紅色，它們神奇地享受著舌尖的挑逗。我沒有蠻幹，他也沒有，在藝術面前我們都很在行，我們非但不會遲鈍，反倒越來越靈活，而且還不斷有些新的創造，舌尖或指尖總能添加些新的細枝末節，以至於我產生這樣的感覺：如果有一天我在教堂受審，我會像告密者一樣把所有和盤托出。也許它是一本傑出的教科書。

最終，「整張床都是濕的」——這是他的原話。

他始終不插入。

我曾經想出的新的辦法就是出奇不意地坐在他尖銳的身上。

然而我不敢。我是女人。我是被動的。何況我從來就是一個溫順的女人呢。

下了床，他像上次那樣裸著身子上樓了。我右拐進了我上次進的衛生間，沒辦法，又一次哆嗦著洗了冷水澡。身上沾滿的來自不同部位的充滿著欲望的液體在冷水中混合一起，漸漸滑落，順著大腿、小腿和腳趾，旋轉著，匯成無數細流進入了城市的地下通道。好像佛洛依德說過愛的本質是失去。

2

我們的陣地轉回客廳，在他的大海下面，他跟我談起了他的兒子們。他說整個夏天他都在陪伴他們。「我是他們的爸爸，他們只想完全占有。至於對他們的教育，我只是希望他們學會怎樣建設自己的生活，怎樣花錢合理，這是非常關鍵的，比如他們要去瑞士滑雪，我說可以，但只有兩百元的費用，這樣他們自己就動腦筋怎麼省錢了。有時去買東西，他們會說，wow，這麼貴啊，都不買了。」

我笑了。他又說：

「得讓他們明白什麼是生活。包括如果他們這麼年輕就談戀愛結婚，那可是人生悲劇了。結婚應該是三十五歲到四十歲時考慮的問題。」

我說：「那父母也不能干涉吧？」

「這當然，我甚至能從無奈做到理解。但是人生悲劇是他們自己在面對。」

我看到在放照片上的檯面上多了幾張他兒子們的照片，而且就在進廳，一進使館時，在一張桌子上端正地放著一張他和他妻子的照片。女人身著白色禮裙，頭髮向後攏著，光彩照人，全然不是上次在畫展時的漁婦的模樣。

他說他母親九十二歲了，身體很好，但是腦子有問題，記憶變得模糊不清。現在她以為自己正處於少女時代。

他從廚房的冰箱裡給我拿來了放在盤子裡的「tortilla de patato」，西班牙馬鈴薯雞蛋餅，我記得第一次跟他午餐時就吃的這一道。

我們坐在沙發上，一人拿一塊吃了起來。他說他小時候他媽媽就經常做這道菜。

「你有沒有寫你的外婆呢？在我們這麼長時間沒見面的日子裡，你總有新作吧？」

我說我沒有寫外婆，我不熟悉農村，這必須去體驗生活。

他理解了。

我一邊吃一邊跟他仔細描述了在這個夏天經歷的小故事。比如女友A的失戀什麼的。他驚奇地豎著耳朵，彷彿我的敘述中有黑白，有彩色，從左到右，從上到下，他都感到一種不可思議。最後我說：

「生活並不是只有詩歌和音樂，還有拔牙，刺青，還有苦海和醜惡。」

「你還要吃一塊嗎？」

他指著面前的馬鈴薯餅。

我搖搖頭。

3

「苦海，pain sea」我又這樣解釋道。

他一聽就明白了。他始終對「腦海」的定義恍恍惚惚，但很清楚什麼叫「苦海」。

他拿出上次寫有「腦海」的白紙，讓我把「苦海」寫在上面。我同樣加了音注，這樣他就可以念了。

「苦海。」

我們再一次向牆壁上的大海望去。

「Bang Olufsan」，也就是「B&O」，來自丹麥的音響，帕華洛帝在喧譁的嘲水中唱出了最為動聽的《今夜無人入睡》。

歌聲中，我真想不起來我在這裡究竟待了多少年，彷彿一輩子都是這樣坐著，沒有入睡過，想像不出還有別樣的天空，就好像一個男人在浴城裡待久了，空氣被隔開了，就沒有了時間的準確性。

但誰都知道這樣的道理：美夢下面就是噩夢。

4

突然他說他要畫海，畫「腦海」——腦的海，腦的大海，海的腦，海的大腦。

「腦海在天空中。」他說。

「腦海在時光中。」我說。

他固執地幾乎一分鐘也不能在客廳待著，他要進畫室，而且獨自一人。他讓「可口可樂」幫助我保持冷靜。他要進去把腦子裡的小水泡一個個描述出來。

「腦海」會是什麼海呢？是熱的是冷的是鹹的是甜的是女的還是男的，是喘息著的還是嘶鳴的？

大約半小時，我被傳喚進去看到了下黑上白的飄逸的大海，波浪很有規則。在天空中有著「la tate, la tate（頭腦）」的法語。

是的，腦海在天空中。

畫家眼裡閃著動情的光。他的手上沾滿了顏色。

我的身體四處打開，像節日一樣燈火通明，他看到了，也感覺到了，我又一次在他胸脯上捕捉到了他的紅色的小豆豆。我的舌尖飛舞著，我抬起頭對他說：「你的腦海太安靜了，它應該是瘋狂的，躁動的，不規則的，就像這樣……波浪是一條條膠捲，它們像閃電一樣在飛翔，臉在思考，彎曲著的身體在行走和尖叫……」

「對，這是腦海。」他忍不住笑了，用胸脯再一次堵住我的舌頭，說：「你讓我想起了一個日本詩人，他的名字叫 Basho。你們總能脫口而出。」

5

回去時已很晚了。路過三里屯時，我看到深夜的人們依然發出閃光的笑。我想這一夜比其他的夜更長，更熱，更是無人入睡。

兩個黑人路過我時做出猥褻的表情。沒有什麼可怕的。水儘管曾經在那張緊密的床上十分自信地到處流淌，但只消一個背叛，承載著水的船體立即瓦解。

6

有一個畫畫的女孩叫芳芳，我認識。他也讓她去三里屯北街九號，也讓她穿越寧靜、密集的樹影去使館，也在哨兵的眼皮底下問：「你好，你好嗎？」「謝謝，我很好，你呢？」「謝謝，我很好。」

他也讓她看他牆上的二十二幅大海。

他還把她帶到他的畫室互相凝視對方的眼睛，一個微藍，一個漆黑，他們的凝望的光不僅能照亮幾個世紀前的黑暗的隧道，也突然使他變成了二十歲的小夥子，二十歲的年紀是可毫無顧忌地做任何事的，還可以大笑，還可以向四周呼喊，他的聲音不用費力就能穿透三十年，四十年。他完全可以按自己的意願行事，不用顧及另一個女人的感受，哭也好，悲也好，偶爾有風吹過，事物也有統一性，藝術，文學一樣都有統一性，不總處於對立性。哪怕前方就是海洋，再踏一步，就被淹沒。只要願意，各人按照各人的願望行事。

我想起他在上海給我發來的那首詩的最後一句「薔薇無力臥曉枝」。說嚴重點，就是自然災害，就是新的春天劈劈啪啪毫無遮擋地來了。

我恍惚看著三里屯，這個戰場，多少人一次次倒下，犧牲，摀住傷口，重又爬起來，不得不笑起來。這裡演繹著喜劇還是醜劇還是鬧劇，如果是激情的歌劇，那麼我是否應該像年老的莎士比亞對著三里屯那片光海悲嘆？

——

我說把你比作夏日嗎？
但你卻更可愛更溫和，
狂風肆虐著五月的花蕾，
夏天停留的如此短暫，
有時天空之眼照耀得太過熱烈，
卻時常黯淡了他的金色容顏，
美好的事物有時會凋零，
偶然的抑或是受自然的改變，
但夏日的永恆不會消失，
你的嬌豔也不會褪色，
死神也不會吹噓你徘徊在他的陰影之下，

你將會在不朽的詩中與時間同在，
只要人們尚可呼吸，眼睛尚可注視，
此詩將長存，並賦予你生命。

7

「Basho」，松尾芭蕉，蟬定之神：
小蟲漂泊一葉周，何時靠岸頭。
朦朧馬背眼，殘夢伴月無邊遠。
秋月明，一夜遠他行。
明月飛上天際，潮頭湧到門前。
聽猿聲悲，秋風又傳棄兒啼，哪個最淒慘……

這是馬努威爾最愛的東方詩人。

在使館進廳處，掛著一幅他的樹葉之作，一片白色的樹葉居於畫中，雪花繚繞，葉卻不靜不動，不上不下，與世無爭。每次經過，他都停住腳步，說：「看……」

每次我也都出神地看著。

之後當我們的故事驚駭到不可收拾之時，我才明白這是他的最高境界：躲避，回避，禪定，坦然，即使是自己的末日，他也兩袖清風，全不放心上。

第十六章

1

我生病了，病得不輕。

病了二十多天了。

我不想離開床，哪也不去。

除非是他的床。

這二十多天裡沒有他任何的片言隻語。

「愛」「想」「插入」這些污言穢語有傷風雅，絕不能出現在任何場合中。他是一個外交官，他總是得體地問：今天晚上八點能來我的地方教我一點中文嗎？

或者是——明天晚上六點三十，你能過來一起談談我們的藝術創作嗎？

我也以外交口令回應：好的，沒問題；好的，我願意；好的，準時到。

有時他半個月也沒有消息，等著等著，我不耐煩了，我就想如果他下一次再邀請我去，我就回說一個字「滾！」或者是「他媽的！」。

但每一次，每一次，一看到他的字，我重又像一條擱在沙漠上的魚被放生了，誠惶誠恐地游回大海，梳妝打扮。

每次他都回說：到了門口，給我信息。

我說好。

每次到了門口，夜光下，我只給他回一個字：門。

然後幸福地等待著這個美男從使館裡走出來，向我走來，就像是藍色的大海向我溫柔地彌漫過來。

哨兵們對我都熟了，有時主動把門打開讓我直接進去。但這不符合規矩，他必須來接我，必須在哨兵們的眼皮底下舉行見面儀式。

門，那扇神聖的西班牙大使館的大門，是敞開心扉的地方，也是冒險的場所。

2

他畫了一幅「腦」的象形圖畫。他在畫的上端寫著「腦海」，下端寫了「苦海」。

我說這樣的順序排列似乎無遮無掩，也許這兩個詞合起來變成一個詞「苦腦」。也就是苦的腦，腦的苦，甚至把這兩個字併成一個字，把腦塞進「苦」裡的口裡面，更結實，緊密，耐人尋味。

他沉靜地坐在沙發裡，他完全同意我的說法，可是他的眼睛流露出極度的「苦腦」。耳邊是蕭邦的鋼琴。

這天傍晚時，「你好，你好嗎？」在大門口的哨兵旁邊我們普通朋友那樣招呼著。

綠色大樹下面冒著幾朵被燈光照亮的粉色的花。他穿著深藍棉布睡褲，上面是白襯衣。我們向裡面走去，關上大門，一切都關在外面。我們靜止不動，站著擁抱，他臉上的皮膚又涼又滑。

在蕭邦的鋼琴聲中，他說他明天有很多事要做，早上九點有一個非常重要的活動，會有二十多個人要來參觀這裡，下午是大使會議。他說他每天都很忙，做不完的事情。好多工作還要提前做，因為今年的耶誕節一定要回西班牙看媽媽，她以九十二歲的高齡仍然以為自己處在十六歲的少年時光裡。

我問如果你媽媽不幸去世，會不會埋葬你家的家族墓裡。

他點點頭。

我忍不住又告訴他一個詞，還是關於海的。

「海市蜃樓。當一個人在沙漠上行走到饑渴至極時，也許他快死了，在這時，人們的眼前會出現大海……」

他明白了。但學不會這幾個中文字。

好吧，那就「mirage」。

「也許家族墓，一層一層，當你們在人世間行走累了，就回到這個蜃樓海市。」

我在那張寫有「腦海」、「苦海」的白紙上，鄭重寫下了「海市蜃樓」這四個漢字。

自小我學過行書，我的字優美如沉魚。

「腦海，苦海，mirage」。

我對他說，這三個詞加起來就是我的一生。

他想了想笑了，說：

這三個詞加起來也是我的一生。

我說我瘋狂地愛著「mirage」，它不僅是結束，也是過程。說完，我就哭了。我覺得所有的都得泡湯。所有的又都回歸「苦海」。

他看見我哭，就深沉地看著我，想從裡面看個究竟。這讓我想起了也同樣無數次深情地看著我的德尼祿。就為這種沉默的看，我總覺得這個世界上是有那種事發生的。

他摟住我，把舌頭伸進我的嘴裡。很輕，像魚軟軟地在舔食水草。耳邊的音樂是蕭邦的《瑪祖卡》，我終於想起來他為什麼要放這個曲子了，他想告訴我當年的蕭邦即使再苦難也不會拋棄世界上的那種靈動、高貴、活潑和一種在宮廷裡的歡笑的感覺的，但不管怎樣，人們都得自律，不要滋生出過多的貪得無厭。

我沒有貪得無厭，我只想在「海市蜃樓」裡——他的舌尖上沒完沒了。

我曾和女友們一起探討過男人的舌頭。最後的結論是：舌頭軟的都是些花言巧語謊言不慚的壞蛋。

幸運的是他的舌頭沒那麼軟。

3

我想，一個沒有把玩過刀子的女人的手就像沒有把玩過男根一樣，什麼也不懂。

我想如果我不認識那個叫芳芳的女人，如果我們之間不加微信，不產生朋友圈，我和馬努威爾之間的關係始終是可以維持的。

很簡單，她把他邀請她去使館吃午飯的情景拍成照片發在微信朋友圈裡了。頭盤，主菜，餐桌，桌布，使館客廳，最要命的是那間隱藏在會議廳後面的畫室，那是他的褲襠，我知道褲襠裡面的裝備以及這個裝備的每一個細節。照片裡的他穿著那件我常見的黑色中式男裝，不浪漫，但深沉，深不見底，地面上橫七豎八地擺放著他未畫完的畫，有一張泛著深綠光波的畫是我的心愛，我曾跟他說過這幅畫儘管還未完成，但我知道了它有一種神祕美感的特質。

現在這些話題都是屬於她的，她有著非凡的才能，她有更多的出奇不意的讚美的語言會讓他勃起，無法自制。

我把她發在「朋友圈」的照片一張張轉發給了他。每發一張就像是給了他一顆子彈。我數了數，一共是五顆。他會不會飲彈倒地？

他非常冷靜。半小時後，他是這樣解釋的：她的畫畫得很好。

短短幾個字使得我無言以對。我回收了那些子彈，只能說：是的，她的畫畫得很好。

我突然回想到和他妻子共進晚餐的那一晚，當他跟我多說了些話之後，他說：她的小說寫得很好。

這句話是說給他妻子聽的。他在跟她解釋，他只是和有才華的女人交流。請別想偏了。

第二天上午，他給我發來那幅大腦的畫，上面題著：苦腦，下面也是：苦腦。

我沒有給他任何回覆。

他也知道是哪裡出了點狀況。因為要是在平常，我會立即給他回覆的。

到了晚間七點多鐘，他發來微信問：

你不喜歡這幅畫嗎？

我對著他的字母看了一會，感覺到了他那討好的笑容。

於是我原諒他了，重歸於好。我畫出一張草圖，把「腦」放進「苦」裡的口裡，並告訴他：這樣會更好些。

但是對於兩天後他們又一起結伴去看畫展激怒了我。我又一次從「朋友圈」裡發現了狗男狗女。

於是我放下文明的架子，開始膽大妄為地宣戰。

我說你是西班牙大使，但你更是一個醜陋的大流氓。

他回說：「怎麼了，兩個同行一起去看看畫，就不行嗎？」

我說那浪漫的午餐你怎麼說？

「浪漫嗎？我自己一個人用餐也是這樣的。」

「很多男人也畫得很好，你為什麼不去讚美他們？」

「我兄弟在這，明天還要陪他去故宮，你早點歇吧。」

「為什麼你不把我的話當話，你請她午餐我已經不高興了，你知道這點，為什麼你還要跟她一起看畫展？你傷害了我，你可以跟任何人有關係，但必須不能讓我知道。這是我唯一的對男人的底線。」

「放心，你不要想像。」

「但你不尊重我，你不拿我當回事。你明明知道我不開心了，但你卻不跟我在一起，你要跟她在一起。」

「早點歇吧。」

「自從你請她午餐之後，我就沒有吃飯，也沒有睡過覺。」

「放心，沒有任何事發生。想像的事只有在你的創作中。」

「放心，你只要跟她在一起，你就會倒楣的。她雖有才能，但她是你的災星。這不是我說的，中國的《易經》上是這麼說的。」

他又一次回說「good night」，我和她僅談藝術。

4

上床之前總得先談談藝術。誰都知道這僅僅是個程序。馬努威爾在嚴格地按程序辦事。他沒有錯，樓子出在了「朋友圈」的那些照片上。

我一夜未眠。我在想我為什麼會處於這樣的一個痛苦的亢奮中？為什麼平日裡我是那麼被動？為什麼總是他有空時才會問我晚上能不能教他「學中文」？為什麼我一等到這樣的信息就狂奔而去？為什麼不見他的日子我是這樣痛苦難熬？為什麼每一次相見我都會像螞蟻那樣甜蜜地醉倒在蜜罐裡？

這不公平。

第二天的早晨八點，也就是二〇一三年十一月十七日，他給我發來了一張畫，是那張我喜歡的綠色大海的神祕的畫。他問我這畫究竟畫得怎樣，是不是很空洞，是不是沒有意思，我現在有點不滿意這張畫了，你認為呢？

他在轉換話題，可是沒有這麼容易。我把在夜裡不睡覺時寫下的草稿直接發給了他。我說：

「你已經浪費了我所有的好，現在我只有壞，只有恨，現在我只有把我們之間的性愛故事向世人曝光。因為都是你逼的。」

發完這條信息之後，他會是怎樣的反應呢？

第十七章

1

……我想像著一個又一個情節。有些情節也能讓我熱血沸騰。

在所有這些想像中我都得意地緊緊握著一把刀子。我說過玩刀子就得像玩男根一樣熟練，否則你就是一個失敗的女人。

「嗨，約瑟芬，你已經用這把刀刺了我的摩托車，我也自己不小心在高速公路上死了，你對男人的報復全應驗在我身上了。」

你的義大利式的英語又出現了，我不相信世上有什麼幽靈，但是我確確實實聽到了你的聲音。

「想想吧，他有妻子，還有兒子，他們會怎樣不幸呢？」

「是的。」我答道。

「想想世上的那些戰爭，想想戰爭是怎樣摧毀人類的……」

「你居然還能說出高尚的話，我很高興。但是請看看你自己吧。在我們相處的日子裡，德尼祿，你有一天把一個喝得爛醉的俄羅斯女孩帶回家過夜。你有想過我的感受嗎？」

「我沒有跟她上床。」

「你沒跟她上床，她怎麼會在第二天一早跟你要八百塊錢去買鞋呢？你還真如數給了。」

「可是她真的沒鞋，她的鞋很舊，皮質都磨破了……」

「可是這些跟你有什麼關係？」

「你沒看見嗎？她的腿很美很長，所以我叫她高腿小姐。你不是也見過她嗎？我真的沒有跟她……」

「不要再撒謊了，滾吧。」

我怒吼道。

我也確實無數次見過這位來自俄羅斯的「高腿小姐」，她幾次醉倒在某個酒吧，而且都是在深夜，總有人把她帶回去。她那雙腿確實美，確實長，不光是長，有型，主要是小腿部分長。她經常穿著齊膝風衣，手拎小包，在北京的燈光燦爛裡走，陰暗角落裡走，風裡走，霧裡走，雪地裡也走，從來不停留，只是某些時刻，實在走不動了，醉了，就躺在地上，讓人聯想起他們國家裡的愛情的「天鵝湖」。

但也有的女孩不吃洋人那一套。那也是我的朋友。她是富二代。曾在英國留學八年。在「蘇西」酒吧裡，一個看起來很帥很體面的美國男人跟她要她的電話號碼，她看也不看，裝做沒聽見，仍然在喧囂的樂聲中一邊喝酒，一邊玩手機。對方意外地站著，他沒想到會有人拒絕他，怠慢他，自尊心大大受挫。

她要的是另外一種東西。

我曾問你：德尼祿，為什麼女人總是要？

你說女人的身體裡少長了一塊肉，那裡是空虛的，那裡是空心蝴蝶。

2

已經從艱難困苦中站立起來的女友A有了新的豔遇，從「附近的人」搜出來的。

她說：「他是紐約的畫家，在香港有一個很大的畫廊。當我們見面時，我立即丟下了我一生的包袱。」

「這個人就是你所說的豔遇嗎？」我冷笑道。

「你應該為我高興。」

「為什麼？」

「從這個男人的眼睛裡我再一次證實了我是個有魅力的女人，我不應該自暴自棄。那天晚上，這個英俊得只有在電影中出現的帥哥請我喝了咖啡，但他沒有邀我吃晚餐，他說他有一個重要的會議，和一個美國最大最牛的畫商，他們在談生意。不過在他請我喝咖啡時他卻給我朗誦了曼德拉說的話。老曼，你知道吧？那個剛死去的南非總統。這個男人在給我朗誦時，眼淚都出來了，聽完這個含著熱淚的朗誦，我知道我又一次得救了。我原諒我自己，也原諒所有我愛過的人。」

「他怎麼說的？」我也想有她這樣的感受。這樣，也許我的病會好起來。

「有點長，你仔細聽著，他特地給我抄下來了，他的中文比我還好。一點不像個美國人。」

我靜靜等著她給我念。

「算了，我還是發到你手機上吧，沒時間了，他在等我。他請我在他家吃飯。順便說一下，我今天打扮得特別漂亮，當你穿得很貴很講究時，對方才會更加尊重你和愛你，這絕對是一個真理……所以我以後要天天穿得漂漂亮亮的，我還要把頭髮染成棕紅色，把皮膚烤成更黑的小麥色，我還要塗那種玫瑰色的口紅，讓對不起我的人後悔去吧……」

她終於關了電話。

我又一次睡過去了，睡眠很深，我夢見我跟他之間的事情敗露了，被抓了個正著，不是我告的密，但人人皆知，是那些哨兵告的密。他們把整個使館包圍了，當時他臉色蒼白，卻堅決把我保護在身後，一個人面對所有的事。

他的臉久久浮現在我的腦海中。我無聲地流起了眼淚。

3

女友A果真給我發來了一段話。

我仔細地看著。

但是憑這段話我能與這個世界和平共處嗎？

我們最深的恐懼，是我們不可估量的能力，是我們內心的光，而非黑暗使我們驚恐不已。

我們捫心自問，我是可以聰明，美貌，才華橫溢，出類拔萃嗎？難道我們不可以成為這樣的人嗎？

你是神的孩子，你萎縮自己，掩蓋自己的光芒，並不點亮這個世界。縮小自己在狹窄的世界裡，為了削除周圍的人感到不安，並無裨益。

我們本來光芒四射，像孩子們一樣，照亮世界。

我們生來就是為了呈現內在已有的神的榮耀，這種榮耀的光芒不只在一些人身上，它在每個人身上。當我們讓自己已發出光芒，我們不知不覺中也允許他人去閃耀他們的光芒。

當我們將息從恐懼中解放，我們的存在無形中也解放了他人。

這出自於曼德拉之口。但我還是想問問曼德拉：當一個男人以滿腔的激情向別的女人調情的時候，我用哭泣去掃他的興，是不人道的，對嗎？我不應該「縮小自己在狹窄的世界裡」，不應該對他提任何問題，而是應該假裝沒看見，順著他，然後耐心等待他約完另一個女人後，再輪上我，是不是？

好吧，讓我重複你那神一般的語言來教育我自己，也像女友A那樣從中獲救。

當我們讓自己已發出光芒，我們不知不覺中也允許他人去閃耀他們的光芒。

當我們將息從恐懼中解放，我們的存在無形中也解放了他人。

我明白了，床得讓給新人，讓給年輕人，他們扭在一起的69會更美，更讓人驚心動魄，乳頭遊走在更年輕的女人的嘴形優美的口腔裡，像兩隻小蝌蚪，興奮得靈魂出竅。得允許他的光芒照耀別人，同時也淨化他自己的靈魂。這樣他會有更多的創作。

我的臉確實已不是三年前那樣了，三年前的所有時光裡還可以靠一雙動人的眼睛調情，現在眼睛廢了，幽靈般地長滿了皺紋，皺紋的英語叫「wrinkle」，中文是墳墓，垃圾，廁所，噁心……它們像囚籠那樣把我困在裡面。

跟年輕女人一起，他會更加快樂地噴射的。

但必須還是無聲，不能讓任何人聽見。

控制，是一種境界，更是一種精神。

但我不能，我想告訴他我是一個有病的女人，我的病就叫不能控制。

因為我控制得太多。

第十八章

曾經，在密室裡，我們在那鋪著黃花床罩的床上，柔情密意。我說把燈關掉，這一次我們就在黑暗裡做。他跟以往一樣聽話，我說開，他就開，我說關，他就關。

「還有外面所有的燈，都關了。」

這是我從未要求的，但他去了，關掉了所有的燈，整個使館沉浸在黑暗裡。只有蕭邦，用他歡快的琴聲劈頭蓋臉地解釋其中奧妙。

馬努威爾，這個走路沒有聲音的男人，即使在外面的馬路上，也小心輕放。

他說：「必須輕。」

我問輕到什麼程度？

他伸出舌頭在我臉頰上舔了一下。

我領悟到了「輕」的魅力，似有似無，像羽毛飄在地面上。

第十九章

密室的門大開著，沒有人進來，外面有士兵在保護大使，保護大使館。

還有門前那棵樹，也幫著遮掩。

我的舌頭是一片羽毛，一邊輕拂玉根，一邊告訴他黑暗是可以給人安慰的，它讓你知道誰跟你是同義詞，它能在未經許可就在你神經末梢亂竄。

我還告訴他我特別喜歡他的「苦惱」這幅畫，這就是我們的「苦惱」，我已塞進了你的褲子裡，我們變成了整體，永遠分不開了：一個白色的巨大的球體浮在黑暗中，白表示白天，黑表示黑夜，那種「黑的殘忍性」。

他更正道，不是這樣的，白表示過去，黑表示新生。

第二十章

那麼現在，到處都是黑，我們有新生嗎？新生是什麼？

我緊貼他的身體，想研究有什麼事情隱藏在底下，是不是當所有荷爾蒙堆積一起它就變成了人人陶醉的「新生」？

靠著窗外一星半點的光線，他的臉和頭髮都很亮，只是兩個乳頭靠摸才能找得到。

找到一個，另一個也不遠。

狠狠地咬，溫柔是沒有用的，不刺激，只有當他被弄疼了而又不得不竭盡全身力氣躲避時，對方的價值才會被提高。

一個乳頭吞沒到嘴裡就鬆不開了。永遠沒有了。不需要刀，女人本身就是刀。他忍耐著，咬緊牙關。一個男人連射精都無聲無息，那得需要多大的忍耐力呢。他應該是總統，而不是大使。但現在太疼了，女人想告訴他，再忍一忍，疼痛一會就會過去的，不會出人命的，乳頭是男人身上多餘的零件。零件一多，這個世界就會亂套。

他拚命把懷裡的女人往外推，但只能被拖拉得更疼。越來越疼。他知道馬上這玩意就保不住了。

他扭曲著臉，開始無助地哭泣，彷彿在向大海呼救。

天不會在這麼短的時間裡亮的，黑夜還很長，明早九點似乎是下輩子的事。窗外只有車鳴聲，沒有羅曼史，廢氣污染著空氣。

還有剎那間滿注的鮮血，足以把我的嘴唇染紅。

一個作家，一個寫小說的，尤其一個像我這樣的女小說家，總喜歡用夢幻裡的牙咀嚼和思考現實中的乳頭。

牙雖說是堅的，但不能虛構，它始終膽怯著，隱藏著，口腔裡只能有柔軟的美好的部分，這樣男人才會滿意。

牙只有在夢裡才會勇敢得暢快淋漓。

第二十一章

1

他一直沉默。

他的沉默就合法嗎？

當我像一頭西班牙公牛向他宣布要「曝光」之後，他沒有作任何回應。

他的沉默讓我瞬間就明白自己犯罪了。我淹在自己的罪裡。

一個星期裡我給他發了十九個請求原諒的微信。我說我卑鄙，傷害了一個最善良的人，我說我無恥，我無法饒恕我自己，我說我只是想嚇唬嚇唬，不會曝任何光的，我說我羞愧，我說請回憶一下我們在一起說的任何一句話，我說今天是我的生日，祝我生日快樂吧，我說，請用你博大的海沉重的海原諒我寬恕我，我說，那麼就把我和你之間的事情當作一個教材吧，是我給你上了一堂課，希望你從中汲取教訓，不要再和中國女人來往。

全都沒有回音。直到最後我開始憤怒地說：

「對於一個女人在愛情中所犯下的愚蠢和錯誤，連上帝都原諒，但你卻不。」

這個信息發出的時間是二〇一三年十一月二十五日二十一點二十三分。

兩小時後，也就是還差幾分鐘就是新的一天時，他回了。

「原諒了。但我現在不在中國。」

我久久看著這條信息。在這兩小時裡，他究竟想到了什麼？是不是像我一樣想到了我們第一次的相遇？是不是覺得各自掛在臉上的笑有些徒勞？陽光從門外射進來，白茫茫地包圍著我們，他的臉上升騰起溫暖的色彩，我站著，像是春天裡瞬間即逝的花，向他全方位開放。

有一天，從他使館出來，他送我，我們一起走在夜色中，頭頂後方是一輪明月，我們同時回頭看了一眼，同時用法語說出「la luna」，然後我們相視而笑，然後互道晚安。

哨兵眼睜睜看著，我們又站著說了會話。我們像兩個初戀的中學生，在明月的沐浴下，誰也不想離開。

2

「原諒了，但我現在不在中國。」

這究竟是什麼意思呢？原諒你了，但我不想理你了，請讓我跳出你這個污濁的泥潭吧——還是原諒了，但我現在不在中國——回來再說？

到底是哪種意思？

而且他怎麼會不在中國，他就在中國，就縮在大使館裡。

去謀害一輛摩托車，輕而易舉，但是，對於他，這個西班牙大使，他是他畫的那幅畫：潔白的樹葉停在空中，不上不下。除了讚美，吹噓，垂涎三尺，別無他法。日復一夜出現在三里屯嗎？就在他的使館周圍？每當夜晚，他都走出去呼吸新鮮空氣，鍛鍊兩條美腿的肌肉，讓它們石頭般結實，這是他承負著的另一種使命，其意義同樣深不可測。

我渴望在某個酒巷裡遇見他，這種渴望像奶牛需要手指愛撫那樣使我的生活從悲傷走向具有活力的希望。

我開始到處搜集靈感，我想改行當一名畫家。我想當那位粉身碎骨的墨西哥女人弗里達，我不再寫任何小說了。我還請我的另一個女友給我畫了幾個依偎在一起的「腦」，跟他的「苦腦」相似，我還自作聰明地在微信裡向他獻策，我說你應該有很多「腦」，來對抗你的很多海。我還畫了幾個重疊在一起的陽具，我的意思是男人無時無刻不在侵略祖國，姿意作案，耀武揚威，在女人背後搗鬼……這些雖然是胡言亂語，但沒有得到他的任何反響。

他實在是弱不禁風。

3

德尼祿，有什麼辦法讓馬努威爾重回我的手中？還是摩托車碎了再也無法復原。

曾經，你對我也沒有任何欲望，用手摸一摸的欲望也沒有，德尼祿。你的解釋是你愛我，你把我看得很高，高得像一座寺廟。

我說有一件事也許值得你摸一摸我，我有一個朋友在成都辦畫展，他們需要一個懂行的老外參加一下，過個場，以表示這個畫展具有國際性，他們出機票，包酒店，還有出場費呢。

你閉著眼睛聽著，你說你硬了。

我背過身，讓你插入和頂撞。我絕望地想到，即使你天天跟其他女人睡一起，即使你窮得要飯，我們還是分不開。這已是一種魔咒，令人欲哭無淚。

這道咒符也曾靈異般貼到了馬努威爾的臉上，它飄浮在他的「腦海」裡。他面色蒼白，有一段時間，在使館，只要有機會，只要能夠，就往那張張開的塗著大紅口紅的嘴巴裡灌注液體。雖然他確實弱不禁風，但還是無遮無掩。

此刻這道咒符呢？

從十一月二十五日到十二月二十五日，整整一個月，沒有任何消息。有時開車路過他的使館時，從車窗裡看到站崗的哨兵，他們石頭一樣站著。有時他們恰好在換崗，還互相敬個禮。

這時節的使館區是最漂亮的時候，地上都是黃燦燦的落葉，被風悠然飄起或是僅僅在地面上窸窣作響都是對寂寞訴說的貪求。有一次，在一個雨夜，我的車輪用均勻的速度測量著黑夜與黎明的距離，沒有落腳點。

至少有個「聖誕快樂」的隻言詞組吧。

沒有。

他不僅受著那些哨兵們的保護，也受著西班牙首相的保護，也受著中華人民共和國的保護，我得小心翼翼，誰也不能得罪。暴力只需一次就夠了，就能說出最真實的話，賠禮道歉一千次也無濟於事，被投了毒的井水已滲入更深的地下，並在周圍彌漫。

當我深陷困境時，他是不是進入了比天使還高的境界？天使也會去赦免罪犯嗎？

我決定把女友A的曼德拉的制伏罪犯的就職演講變成英文發給他，作為給他的聖誕禮物。

我希望這就是那道咒符。這是我的最後一招了。

我們最深的恐懼，是我們不可估量的能力，是我們內心的光，而非黑暗使我們驚恐不已。

我們捫心自問，我是可以聰明，美貌，才華橫溢，出類拔萃嗎？難道我們不可以成為這樣的人嗎？

你是神的孩子，你萎縮自己，掩蓋自己的光芒，並不點亮這個世界。縮小自己在狹窄的世界裡，為了削除周圍的人感到不安，並無裨益。

我們本來光芒四射，像孩子們一樣，照亮世界。

我們生來就是為了呈現內在已有的神的榮耀，這種榮耀的光芒不只在一些人身上，它在每個人身上。當我們讓自己已發出光芒，我們不知不覺中也允許他人去閃耀他們的光芒。

當我們將息從恐懼中解放，我們的存在無形中也解放了他人。

以他幾十年和女人打交道的經驗，他當然是識破我的，這是女人的又一個伎倆。

至於曼德拉，也可以完全不予理睬。

他，永遠蹲在那裡，用他的右手畫畫，就像時鐘，從零到十二，再從十二到零。

第二十二章

1

我跟女友A講述了我和馬努威爾從頭至尾的故事。只是隱去了「不插入」情節。

她說你們這是在演電影嗎，情節跌宕起伏啊。

我說：「那你評價評價他。你也見過他，在那個攝影展上，他穿著一件藍色棉襯衫。」

「高高的個，挺直的肩，含蓄，藝術，尤其是那雙眼睛非常有感覺。」

「不是要你講好話，講他的壞話。」

「明白。我看到他跟你在一起時眼睛色瞇瞇的，一看就不是好人。」

「不對，你罵得太溫柔了。你應該說他是一個流氓。一個醜得不能再醜的大流氓。」

「關鍵太老了，我不喜歡老男人，你看我最近交往的那個美國畫家，跟他在一起走在街上，我覺得特有面子，沒人不羨慕，個個都回頭看，哇，俊男美女……」

「為什麼跟老外在一起才有面子呢？」

女友A聽了這話就放聲笑。

「不知道啊，我一個人走在街上沒人關注我，當我身邊有一個老外時，所有的目光都來了，而且還是羨慕的目光，好像我高高在上了，好像我能摘星星了，好像我這個人已被品質認證了一樣。你是不是也有這個感覺？為什麼中國女人要跟外國男人在一起，可能多半也是為了這些目光，就是有面子。恐怕這也是人性呢。好些年前就有報導說中國女人把外國男人當作自己的奢侈品……」

我轉過頭不理她了。我們最近總是話不投機半句多。我說：

「我們倆離遠點，免得把異味噴到對方臉上。」

她一下子冷了臉，想了想，以低沉而又緩慢的口吻說：

「好吧，說點實際點，有很多長相平平的女人都成功了，為什麼？不是說真誠或善良就能打動對方的，愛情藝術包羅萬象，無論是中國男人還是外國男人，都得一哄二騙三上吊，一哭二鬧喝農藥，這才正點，假假的喝兩口農藥，也逼對方喝兩口，這樣，事就成了。男人們玩一個丟一個就是利用女人的自尊心才得逞的。想想吧？為什麼我們總失敗？就是被所謂的文明給毀了……」

她越說越遠了。

見我始終不搭腔，她改口說：

「那你和他就在使館裡搞，國家也不管一管嗎？」

我突然歪了歪嘴角，笑了。

只聽她又說道，語氣無限同情：

「我交男友目的性很強，就是結婚，雖然結果大庭相徑，但總有個追求的目標。我現在決定了，準備就在這個美國畫家面前搞假自殺。跳樓，或者跳大運河，或者跳小月河。看他怎麼辦。你呢？也得玩點手段，跟這樣的人交往，什麼也不為，不為錢，不為婚姻，就為個纏纏綿綿，風花雪夜，結果弄得命也搭上去，得個花癡，未免太壯烈了吧。」

說到最後她就開始冷笑。冷笑完了之後又央求我描述一下大使館長得什麼樣，她說她從未進過使館，不知道裡面是些什麼，她想像，如果是她自己，她會穿一襲高貴的黑色露背夜禮服，再夾一款最新式的香奈兒手提包，像走T台那樣，在深夜的使館裡，輕輕的，款款地，踩雲踏霧。

2

在她說話的工夫，我一直低著頭盤算著我和馬努威爾在一起看海的眼神，盤算著他投向我的深而沉重的目光。對我來說這才是真正的攝我魂魄的目光。投進去了就印在那了。連84消毒液都無法驅除。他鄭重地把B&O這音箱介紹給我，他說他離不開這個，這是他從西班牙帶來的，無論是吃飯，睡覺還是畫畫，這個音箱都會帶動他的心臟一起躍動。他走起路來穩健優美，花園裡開滿多彩的小花，花瓣多半吹在草地上，那是在白天看到的景色。我喜歡在黑夜去，在燈光下看對方的臉，我們都知道被拉上窗簾的外面是星光燦爛的天空，到處安靜無恙。

尤其當我訴說完「殘奧會」時他的顫動之心。

他還給我推薦了他喜歡的一些歌手，他幾次把這些人的名字寫在一張紙上，讓我回去找來聽。他尤其喜歡「Leonard Cohen」和「Nina Simone」，他說Leonard是個美國詩人，後來改行當歌手。

夜晚的使館飄渺著將現實消融的「mirage」，他坐在沙發上，身子向前挺立，臉上是激動的被海水浸透的表情，嘴裡發出跟 Leonard 一樣的音節。他一邊唱，一邊又欲言又止。

他很喜歡 Leonard 的《Boogie street》。怕我聽不懂歌詞，一句一句給我翻譯。

我又回到 Boogie 大街，回到原來的生活
你吻我的唇，不久你就離開了，
從未想過我們會相遇，
夜幕下的燈，已漸黯淡，

只有我們才體會到的開懷時刻
哦　我的愛人　我還時常回味
就在河邊，就在瀑布下，
我們共浴愛河
在那裡我為你的美而炫目
於是我跪下來為你擦乾雙足
就這樣你讓我成為

Boogie大街上一個真正的男人

唱的全是些傷心往事和愛情離合。我向他推薦美國新秀亞當唱的《Mad World》，當我把我的 iPhone 4 手機插在他的音箱上時，他聽了聽，他說亞當太喊叫了，不必這樣，他在他手機裡搜出 Gary Jules 的《Mad World》，他說他更傾向於這種風格，平穩，不張揚，但深沉，它能讓你聯想到「苦海」和貧窮。

我說這種風格激發不起我的血液，這種風格讓我立馬睡著了。

但大多數我們意見一致。

我真的花了一萬零八百元買了他向我推薦的那款 B&O。

這樣我們在各自的家裡可以同時在廣闊的音域中聽同一首歌。

哦，夜幕下的燈，已漸黯淡
從未想到過我們會相遇
你吻我的唇，然後我們的故事結束
我又回到 Boogie 大街，回到原來的生活歌唱完了，躲在暗處的烏雲旗幟鮮明地出來了，我開始在他面前掉起了眼淚，得需要點鹽，否則沒分量，這不怎麼守規矩，但他還是慎之又慎地用舌頭安慰我了。這種關係是不是就像那個泰國妹依娜絲說的那樣已經昇華了，飛了，究竟飛在雲朵的哪一層面，只有天自己知道。

極其玄奧的事情是痛苦能夠顫顫巍巍地超越精神，不斷往返，當然有時候的飛行並不能安全著陸，就像我在此刻所知的 HM370 那樣有去無回。

3

但每次見女友A，我還是一千次發問：「他還會不會來找我？」

「那你先回答我，我的美國丈夫還會不會回到我身邊？」

她見我又不說話，便開始講她的新的故事：「我身邊的這個美國畫家，這幾天整夜整夜不睡覺，咳聲嘆氣，他說他得回美國，媽媽生病了，絕症，可是他卻沒有錢買機票回去看一看她。最後他摸著我頭髮說，親愛的，能不能借我點錢回美國。我聽了，心裡一愣，於是我也摸著他的頭髮說，親愛的，這種事不該跟我說，因為我是女人，女人是弱者。他說，親愛的，我明白了，對不起。我說，親愛的，錢的事永遠不能對女人張口。他說，那你能買我的畫嗎？我說不能。也許我回答得太快了，他推開我立即從床上坐起來說，親愛的，我有了你美國丈夫的電話，你要讓我打電話給他嗎？我一想確實有一次他翻過我的電話號碼本，我一下慌神了，我不能失去我的美國丈夫的離婚贍養費，就這樣，為了擺平這事，我給了這個男人二十萬……本來我還想在他面前跳個樓騙個婚姻的呢，沒想到他先下手為強了……」

我完全驚呆了。還沒等我說點什麼，她又說：

「錢就算了，但是千萬別問我你的這個大使還會不會回來找你，找也罷，不找也罷，女人心裡想的那種關於愛的事是不會發生的。浪漫歸浪漫，現實歸現實的。其實，他不愛你，他從來就沒想著要愛你。」

「你是不是就希望他不愛我？」我憤恨道。

她沉默了，一會說：

「多愛愛自己，多玩玩手段，那些人，尤其是懂點藝術的那些男人都是撒旦的種子。」

第二十三章

1

耶誕節過去了，沒有任何「聖誕快樂」的祝福。

接著是新年。二〇一四年馬上駕到。總得有個「新年快樂」吧。也沒有。

德尼祿，你瞭解我的，至死我也不會再求他了，寧死也不求。

不過，我求你了，託個夢給他，我求你了，他能理我那麼一點點，我也就滿足了。

不是說死人比活人更有本事、什麼事都能辦得到的嗎？你總得為我慷慨地做點什麼，就像我過去總為你做事一樣，雖然有時打得頭破血流，為一些個人習慣，比如當你問我想不想看電影時，我會順口反問是什麼電影，就為這樣一個反問，你暴跳如雷──「為什麼我問你一個問題你要反問我另一個問題？你只要說 yes 或 no 就行了，謝謝。」

我的回答很簡單，直接把湧上心頭的抒情的衝動說出來：滾回你那文明的義大利去，謝謝。

算了，你不會幫我的。自己的事情自己做。但必須跟你們鬥，一個一個鬥。儘管你們是外國人，你們了不起，你們高人一等，你們無論做錯什麼事，你們都會被自己的大使從我們的派出所毫髮無損地領走，你們一邊走一邊還伸出中指來操我們的警察和我們的警棍呢。操得好。因為我們的警棍只配打打我們自己人。自己人也該打，亂棍打死不作惜，就連那些娛樂場所的門衛，從來都是對你們這些文明的外國人點頭哈腰，屈膝卑躬的，還有我們的女人們，她們以為只有爭先恐後去侍奉你們，才會有機會到達一個安全的有保障的吃喝不愁的真正文化土地上去……

不過，德尼祿，即使是這樣，我還是想問問你，為什麼當一個人，無論是外國人還是中國人，當他落魄倒楣時，柔情才會百倍地滋生出來？我希望那個正處於發達時期的馬努威爾也總能盯著我的臉看，吻我，親我，讓我的體溫成為他唯一的溫度。說到這，我的臉騰地紅了，一想到我這樣的女人居然還這麼天真和無恥的想入非非我就羞愧無比，但是，說白了，哪個女人不無恥呢？女人都如此，無恥至極——為了阻止幻想，應該立法，這樣，這個世界不至於苦苦相逼到雞飛蛋打。

2

吃新年葡萄了。十二顆。這是全西班牙人的習俗。

只有西班牙人，他們總是找花樣尋開心。他們要在新年吃葡萄時還要許願，平安，和睦，避難，驅邪，等等……

那麼他呢？他在馬德里會帶著全家老小一起擠在那個掛有太陽的太陽門廣場上，聽鐘聲，吃葡萄，許心願嗎？他會許什麼樣的心願？

在「Nigas」這個西班牙酒吧，當新年鐘聲敲響時，我這個中國女人也開始吃葡萄，許心願。

吃第一顆葡萄，許第一個心願：馬努威爾，我為我夜不能寐向你抱歉；

第二聲敲響時，吃第二顆葡萄：我為我的痛苦抱歉；

吃第三顆時：我對我自己的存在向你道歉；

第四顆葡萄：我對我的衰老道歉；

第五顆葡萄：我為我不是你想像中的超級美女抱歉；
第六顆：我為我沒有全方位滿足你的欲望抱歉；
第七顆：我為自己不是省油的燈道歉；
第八顆：我為我開始恨你道歉；
第九顆：我為我們的相遇道歉；
第十顆：我為我是個作家道歉；
第十一顆：我為我在你足夠的冷漠中汲取了強大的勇氣道歉；
第十二顆：我為「我和西班牙大使馬努威爾的情史還是有些色彩的」道歉。

鐘聲敲完了，我和周圍的人開始擁抱親吻，還有你，德尼祿，親你，愛你，不為別的，就為自始至終你都是我的傾訴對象——馬努威爾在地球的另一側肯定也在七小時後做著親吻的動作，他親吻的面頰裡唯獨沒有我，他回報我的是他的冷酷，卻沒想到，冷酷也能為別人指點迷津。

在這個二〇一四年的第一個凌晨，他讓我悠悠然地走出了困境。他一定在和自己的妻子，兒子以及老母親在一起，尤其是他的母親，當他向我解釋他為什麼這次的耶誕節一定要回西班牙時，他說全因為他的母親，癡呆得厲害，他希望她還能認識他，他長年在外，沒有盡到孝道，愧對「馬德里」這個城市的稱呼。

他感謝他的母親把他帶到這個世界上享受人生，他很慶幸自己是人，而不是狗，不是貓，這樣使得他對人的快樂的認知性比那些動物強多了，甚至也比其他男人強。他曾說到過米羅的第一幅超現實主義的圖畫《哈里昆的狂歡》，在這幅畫裡，各種各樣的野獸，小動物，有機物，全都十分快活地圍繞著一個人，只有人類是悲哀的，他留著風雅的鬍子，叼著長桿的菸斗，憂傷地凝視著周圍。

他說：也正因為悲哀才有更多的快樂，包括米羅自己也如此。

3

當我拿起筆寫下第一句話「我和西班牙大使馬努威爾的情史還是有些色彩的」時，我突然有些傷心過度，它太像一篇悼文了，我對《哈里昆的狂歡》有了更深的理解。因為在跟他交往的所有時光裡，我跟他講了太多別人的故事，現在是講我跟他之間的故事，也許在這之前的三十多年的時光裡，他已經傾盡了自己所有的情感，到了我這，只剩殘破，他學會了克制，必須為自己披肩佩甲，嚴實得就像一扇修道院的鐵門。

我想起了和他度過的那些時光以及他身上的只有姑娘才有的那種氣息，他的聲音像是春天解凍的河水，我想好好生活，好好活著，不為錢，不為錢財，錢財如糞土，儘管身上存積了很多老年病，但我走在街上還未到被揭穿的時候，好色之徒仍然盯著我看，這些都是些美好的事物，所有愛情與肉體的回憶都紛紛地湧動在血液中，你在聽我說嗎？德尼祿？我也想跟你好好生活來的，好好花前月下，好好同甘共苦，好好講故事，不撒謊，不睡別人的床，但是我是懷著怎樣恐懼的心情刺破那輛摩托車的呢？

你還記得那輛摩托車嗎？它也一樣人面獸心。

第二十四章

我不想浪費你的時間了，德尼祿，那條通往西班牙大使館的道路走不下去了。但是你知道的，自從馬努威爾閉上他的親吻了我多次的嘴唇後，我就沒跟別人親過嘴，即使跟女友們走在香水四溢的花街柳巷時，我的眼睛也很規矩。我無法得到他的原諒，無法再次把那東西玩於股掌，我曾希望那玩意在我嘴裡喘息，喘息得像頭獅子，他應該向獅子學習喘息的技巧。

他沒有任何動靜地消失了，如同任何一次的沒有動靜的射精。

他時常盯著牆上的畫，滿腦子的幻覺，有時情緒激動，熱烈，而我深解其意，想法子說那些畫的好話，我窮盡了所有的語言，只到腦子再也掏不出更妙的東西。

做完之後，我們穿好衣服，我去洗手間洗漱和化妝，他把凌亂的床整理好，然後回到畫室等我，他總笑著說我的妝太濃了，東西堆積得太多了，我笑笑不回應，然後我們一起走到客廳，坐在客廳的沙發上。這幾乎成了一種規律：來時先坐客廳的沙發，然後一起去畫室，然後再去密室，完事之後，再反過來，從密室去畫室，再從畫室回客廳。循環往復，一個夏天過去了，一個秋天過去了，再是冬天，冬天卻結滿了冰。

但是有時我會跟他一起鋪床，兩人一起先把床單弄平，然後再是床罩，那個跟窗簾一樣花式的黃色床罩永遠給人溫馨和溫暖的感覺。兩張拼在一起的單人床，我們只打擾其中一張床，靠門的那一張，牆上一幅大畫，讓人想到歐洲的現代繪畫是那麼動情和煽情。

床罩同樣覆蓋著枕頭，但得有枕頭的輪廓才漂亮。經常是他手指一畫，輪廓出來了，很直，每次他都滿意了，才帶著我離開，去畫室。

在密室和畫室之間有一個書櫃，他說他不知道這些書的來源，不是他的，原先就有，有一次我把我的化妝包放在書架上，忘了，結果快到家時才又想起來，又重新回去拿。他就在哨兵面前的鐵欄裡面把東西遞給我，嘴巴張著，露出參差不齊的牙。

有時我們在充滿顏料味的畫室裡停留很久，各坐在椅子裡，一邊看地上未完成的畫作，一邊東一句西一句地聊著畫、音樂和電影。我常常莽撞的踩到他的畫上，他都心疼地說：拜託了，求你了。

我跟他著重介紹過兩部電影，一是菲律賓的《情欲電影院》，二是英國人拍的《末路愛神》。

第二十五章

1

西班牙人都喜歡唱這首歌。

陽光優雅地漫步旅店的草坪
人魚在石刻牆壁彈奏著豎琴
圓弧屋頂用拉丁式的黎明
顏色曖昧的勾引　我已經開始微醺
火紅的舞衣旋轉的在綠蔭小徑

連腳步都是佛朗明哥的聲音
懸在窗櫺　小酒瓶晃的輕輕
對著風溫柔回應　原來愛可以寂靜
馬德里　不可思議　突然的想念你
彩繪玻璃前的身影　只有孤單變濃郁
馬德里不可思議，突然那麼想念你
我帶著愛　抒情的遠行
我走在少了你的風景
我走在少了你的風景

我在法國時也經常哼這首歌，此刻無意間再次吟唱時，就在唱到結尾處「我走在少了你的風景」時，突然覺得這是一張放在銀行裡的痛苦存單。

2

二〇一四年一月二十五日。上午十時許。

他給我發來了一張他的畫。

這個消失了兩個多月的男人突然出現了。

他的陡然出現增加了我對自身所處環境的更深一層的迷惑。

還是那幅「苦腦」。

"pain head."

他完全採納了我的建議，把「苦腦」兩個字合成了一個字。他送去某個地方裝裱好，再端端正正掛在牆上，此刻它正接受著陽光的撫照。

世界是純淨的，美好的。

3

我盯著這幅畫，慢慢從那濕軟的曲線裡感受他的心緒。他是什麼時候把「腦」塞在「苦」裡的呢？要把多餘的線條拿開是不是很艱難？弄好之後又是什麼時候拿去裝裱的？在他往牆上掛時心裡面究竟在想什麼？

這二十多天裡我縮在房間裡像一個埋在深深土裡的鬼魂不分晝夜地寫作。準確點說是「材料」。母親從老家過來陪我一起過春節，我卻對她視而不見，我也很愛我的母親，我也很感激她把我帶到這個人世間與一些人相遇，與一些人鬥爭，鬥爭中能得到感悟和一種晦暗的光明。

但是對於我的苦難會因為他發來的一幅畫就一筆勾銷了嗎？雖然我相信人的出生不止一次，你會在某人的溫情裡重新回到這個世界。

我停下手裡的筆，直勾勾地看著。

我是應該高興嗎？

我應該回一句什麼嗎？

我給自己三個方案：現在回；以後回；根本不回。

德尼祿，你是不是覺得我已神經錯亂？

牆上的馬眼似乎也在給我鼓勵。它用沉重而永恆的眼神為我拂開散在臉上的長髮，並且溫情地為我抹去眼淚。只有它知道我是一條凍僵了的千年古蛇，時時刻刻像哈姆雷特自問：是生還是死。

我曾跟馬努威爾講過這樣一則故事：我在法國因為形單影隻，養過兩隻雞蛋般大小的鳥，黃色的，毛茸茸的，牠們在籠子裡快活地生活著，每天除了餵食，還給牠們一個放滿水的小盆盆，讓牠們輪流在裡面撲閃著翅膀洗澡。我給牠們起了名字，一個叫愛麗絲，一個叫保羅，因為保羅發出的鳥鳴聲比愛麗絲渾厚響亮，所以我斷定牠是男的，而且牠不斷唱歌，當牠要吸引異性，牠就不停地用聲音引誘。日子小溪一樣地流著，有一天，愛麗絲下蛋了，下在睡覺的窩裡，第三天又下了一個，第五天也下了一個，保羅非常好奇，想嘗嘗蛋是什麼滋味，牠趁愛麗絲飲水的工夫，把其中一個蛋殼啄開，享用起來。愛麗絲傷心欲絕，此後的日子牠寸步不離牠的另外的蛋，不吃不喝，終於病了，癱瘓在窩裡。

保羅看牠病了，便日夜守著牠，而且響亮的鳴叫聲也沒有了，眼睛裡全是哀傷。

我把愛麗絲帶到醫生那裡，花了八十歐元買了一瓶藥水。

保羅又整整守了牠一夜。我也守著牠。

但是愛麗絲還是死了。

我把牠埋進了花園裡。

還剩保羅一隻鳥。我看牠孤單，便把籠子移到花園裡。牠在籠子裡看天，看藍色的蒼穹，歪著頭，使勁看著。

有一天，我把籠子打開，我心想牠飛不高的，牠那麼一點點，從來沒飛過，幾乎沒有翅膀，但是保羅一下飛到了屋頂上，還沒等我看清，牠卻對著我大叫了三聲，聲聲催人淚下，那是絕別的聲音，然後跌跌撞撞飛走了……

我對馬努威爾說：我悲傷了很久很久，我對牠只有一個要求，那就是——可以飛，但必須活著。我不能想像牠會死去。

馬努威爾說：如果換作我是保羅，如果有足夠的勇敢和堅強去飛，死，也是無所謂的。我沒那麼介意。

說完他就翻著兩眼看牆上的畫。

我聽了這話，覺得他英氣逼人，是真正的「攝魄」者。

不是病死不是老死。為愛，為自由，是死之境界的提高。

但是他真的不怕死嗎？

他為什麼給我發來這幅「苦腦」？

過去，我也曾把那個故事講給女友A聽，她並不關心保羅的命運，她只是問：

那麼，那些個蛋呢？蛋怎麼樣了呢？

我說蛋在男人的褲襠裡，活得很好。

4

兩小時之後，我給他回了一個「nice」，後面加了三個驚嘆號。

他也是隔了差不多兩個小時，回說：我不能完全確定。

我隔了半小時，回說：文字布局和結構完全優美。

他馬上回說：不會顯得簡單嗎？

我也馬上回說：不顯得簡單，也不平庸。

他接著問：作為一個中國人，你從這幅中感受到了什麼？

我也接著說：生活的豐富性和複雜性。

停了五分鐘，他又問：你過得怎麼樣？

我對著這個問題想了一會，他在關心我嗎？

我照實說我寫了很多很多「a lot」。

他問：關於什麼？

他用的是「about」，過去他經常用這個詞，問我在寫些什麼。我都會嘮嘮叨叨跟他說些法國人和阿拉伯人啦，我在北京的一千零一夜啦，等等。當然有些是真的，有些是編的，不能總局限在一個題材。對於這些，他很滿意。

這次，我停了片刻，泰然處之地告訴他說：我在寫我的外婆，母親，以及我，這三代女性的命運變遷。

他同樣也很滿意這個謊言，他說這聽上去很有意思，而且也很有商業價值。

我說是的。

他的微信的名字是「Manuel V」，即馬努威爾 - 瓦倫西亞，每當我看到「Manuel V」這樣的字母，我的心都會抖一抖，血液也突然熱起來，我不知道是不是所有的人都跟我一樣。

我也突然明白，他原來就在我的體內，在皮膚下沿著細胞死亡和再生。黑漆漆的夜間，從他身上散發的光芒使四周更黑了，我在「B&O」的音箱裡播放著我們在一起聽過的歌，在這些歌裡，我和他一起升騰，像他所畫的大海的波濤一樣一直向遙遠的的天邊彌漫。我乞求著，如果不能彌漫，那就讓我們墮落，墮落在凜冽刺骨的海底，沒有人能找著我們。

第二十六章

1

見面的日子他大膽地選在大年初一。女友A說他挑這個隆重節日見面說明他對你的心意不簡單，他要讓全城的鞭炮為你們倆慶賀。

已在前一天，大年三十下午，也就是二〇一四年一月三十日下午，他發來微信：馬年快樂！這對於作家和藝術家都是激發靈感的一年！

隔了一小時，我回說謝謝，也祝你馬年吉祥。

一會他又發來一張煙火圖。又說：好好享受你們中國的大年夜。

我再一次表示感謝。

我朝窗外看去，空氣寒冷清新，天空碧藍，絲毫沒有過去的渾濁，我想像馬努威爾伏在窗邊看書，也看著外面的亮光，然後回到半明半暗的畫室裡，蹲著畫畫，用他的手指從零到十二，再從十二到零。時間就這樣在他身上循環往復。對於籠罩在人間的骯髒和慘澹，黑白和白黑，他都以蹲著的姿勢，像那片樹葉一樣作一種憂鬱的感悟。在我們認識期間，國際國內發生過很多重大事件，但都與我們無關。比如霧霾，比如砍人，比如公共汽車失火……

這個晚上我喝多了，我從不嗜酒，但我喝了很多，到後來，就在新年鐘聲敲響時我一直在洗手間嘔吐。

我身子靠著牆，看著鏡子裡的自己，又往臉上潑冷水。嘿，德尼祿，你在哪？過去，每次在你的枕邊你都要我講一個真實的故事，每次故事總彈簧一樣地從我的嘴唇間飛起來，話語能夠療傷，講到快樂處你會快樂，講到傷心處你會傷心，講到不公平處，你會盯著天花板大聲漫罵，有些是我節外生枝無中生有，這一套對我毫不費力，你蒙在鼓裡，仍然緊緊摟住我，藉著窗處的路燈，仔細看我的眼睛，好像我渾身是傷。

現在我到了真正傷心的時候了，你能否挖空心思以一種嶄新的語言來替我療傷？

所謂嶄新的語言也就是誇誇女人。何況去說幾句上了年紀的女人的好話是一種高尚情操，否則就是謀殺，迫害和仇恨。你應該說女人老是一種美德。女人一老就自動消停了，可以關進儲藏間了。世界美好許多。天空會更藍。

年初一的中午，當馬努威爾發來要求見面的信息時，酒力還未從我的身體消散。可我還是神經質地穿了一件紅花超短旗袍，我還相當冷酷的光著大腿穿了一雙黑色長靴。我的腦袋還沒被燒糊塗，我們在市場選肉時，也會挑選更嫩的，老豬肉倒胃口。但有時老豬肉也會以次充好地混在嫩豬肉裡順利地賣掉了，碰到運氣好的，沒准就砸在某個人的手裡。女友A說：你，意味深長，惆悵多情，涓涓細流，令人微醺……沒有經過歲月洗禮的女人達不到這種效果的。

我說這世界不是這樣排列的。還必須是陰謀家，還必須是復仇者。這才有足夠的老豬肉的性感。

兩年前，我曾經以這同樣的裝束走在巴黎的大街上，只要走，就有故事。一個男子尾隨我，他看出了我的挑逗；還有一輛迎面開來的車差點撞在了街邊的樹上。我還曾穿著它們在法國南方小鎮的私人花園裡看了場歌劇《費加洛的婚禮》。

私人花園裡的歌劇，尤其是在夜間，沒有比這種更美妙了。閣樓，房間，花園幽會，花園捉姦，還有那首著名的詠嘆調：「你們可知愛情是什麼？你們理解我的心情？我要把這一切都講給你們聽。這奇妙的感覺我也說不清，只覺得心裡翻騰，我有時歡樂，有時傷心……」

唱到這裡時，很多人跟著一起唱，這些觀眾都是些衣著講究的老人，年輕人沒有工夫在這閒置。

法國南方的老人構成了法國南方的又一風景。我堵在這風景裡無法呼吸。不光是本地老人，還有各個國家各個城市退休之後來這裡安度晚年的老人。但我旗袍裡面的身子熱騰得跟這歌裡唱的一樣。

但歌聲飛不出去。

2

空曠的東三環路上幾乎沒有車輛，人們都在溫暖的家裡團聚，我向那個人飛馳。風馳電掣。人說情人死後都會變成慘烈地打顫著身子的火雞，這樣的火雞落入地獄後，身上的羽毛一根根被血淋淋拔光，成為聖誕美味……

多數女人都是這樣的：即使是圈套，滴著血，也不會害怕最後一根羽毛被拔走……

所以，「聖誕火雞是一道永遠吃不完的菜」。

德尼祿，笑吧，發出你金子般的聲音吧，沒准，就是你，在他夢裡面求他了。謝謝。

雖然你死了三年了，但還得說說你的好話，以後再沒機會了。在你沒錢沒工作的時候，對於那些來學漢語的義大利同鄉，在他們窮盡最後一個硬幣時，你還是盡你的可能給他們送錢送吃的，然後帶著他們在結冰的後海上面滑冰。你們全都笑成一團，相互衝撞，再笑成一團。我也在冰上，渾身發冷，那個時候就應該對你們專制來的，你們實在沒有權利笑，你們什麼都沒有，但你們的笑幾乎把冰溶化了。

好吧，德尼祿，再沒時間跟你說話了，現在我已看見那個矮矮的暗紅色建築了，那個西班牙使館，我的「腦海，苦海，mirage」的幸福所在。

3

二〇一四年春節那天，下午三點整，西班牙大使館門前的監控錄影中映現出一個身著黑色大衣的白皮膚女人從一輛午夜藍的汽車中走出來，她的頭髮還是淩亂的，她在大門口猶豫地站著。直挺挺的站崗的哨兵也許是新的，不認識她，但另一個未穿制服的矮矮的三十多左右的男子，從值班室的小門裡走出來，他記得她，允許她把車就停在門口，並且請她直接走進使館裡去，因為主人就在那兒，他向外面招了一下手。

他沒有穿外衣。外面還是冬天。很冷。不便出來。這是所有見面中唯一沒有在哨兵眼皮底下行法式禮儀的一天。

午後三點鐘的太陽依然是熱烈的，也許沒那麼暖，但周圍有鞭炮聲。我的腳步輕飄飄，雖然留有前一夜的醉宿的症狀，但我還是走著模特步，我相信我的高跟靴子很結實，真皮的，做工精緻，時尚性感，這是可以穿一輩子的，只要大腿沒有崩潰。

我在門前那塊棕色墊子上擦了擦。

他把我讓進屋裡，依然靦腆和寫詩青年的那種純真，但眼神有點複雜，或者說含有雜質，不像過去那麼順滑。

我突然意識到我得重新認識這個人了。

他穿著一件青色羊毛衫，莊重，皮膚更加白晰了。

我猶豫著走向客廳。只聽走在身邊的他，嘴裡咕噥著什麼，我問你在說什麼，他還是笑著含糊其辭，最後我聽明白了，他的意思是他是西班牙人，剛從西班牙回來，喜歡熱，所以這屋子的溫度調得很高。

我這才注意到這兒真的不冷。但這不像他，他的薄薄的嘴唇從不說多餘的話。

老實說，只要跟他在一起，我沒有冷與熱的知覺。

只聽他還在說：有時看報紙時，本來不冷，一坐久，就覺得冷了。

我知道那種感覺，那不是冷，是冷清。

茶几上放著一盒巧克力，包裝盒很大，他把它拆開來，放在我面前叫我吃。我不吃。他又幫我脫下外衣，他看到了那紅花棉布旗袍，還看到了光著的大腿以及齊到膝蓋的亮皮黑靴。他喜歡我打扮得漂亮，估計還喜歡我安靜和空靈的眼神。

我一言不發。他像往常一樣去廚房拿喝的了。他知道我只喝可口可樂。他款待自己的是一杯白葡萄酒。趁他去廚房的工夫，我打量了一下他的客廳，似乎比過去更概括，沒有過去眼花繚亂的感覺了，原來他在另一側也形成了一個沙發區，兩個區域的上方都是他的畫。

我倒寧願是過去的眼花繚亂，沙發，桌子互相穿插著放著，讓人永遠看不懂，分不出是非。我突然想到這是「魅力」的另一種闡述。恐怕人也是這樣。

4

我坐在正面一張長沙發上，面對門外的花園。那兒被冬天覆蓋著。可那兒曾經是綠草青青，飛揚著一場盛大的柳絮。

他坐在我右側的單人沙發上，面對我的旗袍和大腿，他訓練有素的腦子非常冷靜。他直截了當地問：

那件事到底怎麼了？

我心想這事都過了這麼久了，還用得著說清楚嗎？

還是一句不說的好。

因為我有旗袍和大腿。

我雙眼盯著空中的某個點，腦子裡是一團棉花。只聽他又問道：你最近在寫什麼？

看到我沒反應，他把杯子放到茶几上，洩氣地說道：

「這兩個月我都在西班牙，我一點在中國的心思都沒有，我很鬱悶。」

他鬱悶嗎？難過嗎？悲傷嗎？那麼我呢？

我突然有了說話的想法，並且嘴裡充滿了魚刺。

「你就這樣隨隨便便把人請進來吃飯？然後去那個畫室看畫？」

「我是大使，我每天見很多人，這都是正常的。而且她是一個畫家，同行，說說話。」

「那你是不是也這樣向別人解釋說我是作家，所以經常過來說說話？」

「你怎麼能這樣打比方呢？沒有道理。」

「一個道理。」我冷冷說。

他看了看我，嘆口氣，以輕鬆的口吻說道：

「那天我也沒什麼事，就約她吃飯，然後她就帶著她的畫稿來了。」

「那你們幾天後還激動地一起去看畫展。」

「激動嗎？才不呢。自從那個畫展我再也沒有見她。」

「但你是喜歡她的。」

「喜歡她？」他顯出吃驚的樣子，眼睛睜得大大的。

「如果你不喜歡她，你不會讓她任意在這裡拍照的。我跟你交往的這麼多日子，我來了這裡很多次，你有一次，哪怕是半次看到我在拍這裡的照片嗎，第一我不屑於拍，第二我不會侵犯別人的私人領域，這是不用教的一種教養。」

「所以我喜歡的是你，不是她，也不是別的什麼人，是你。」

我突然低下頭。

他又說道：

「經常有很多人喜歡來這裡拍照，我確實生氣，在外面怎麼拍都行，但在這裡，請別打擾我，讓我安靜。」

我開始喝可樂。

「我剛還問了你一個問題的，真實地回答我一下。」

我抬起頭，想不起來他還問我什麼了。

5

「你最近寫的是什麼？你是不是在寫我？」

我又一次看著外面冰冷的花園，心想他怎麼會知道的呢？

我搖搖頭。

「你說你要寫我的，你要曝光，你自己說的，你實實在在地寫了一長串這樣的信息給我的。」

說完，他又低頭皺眉，好像已確證我在寫他。他又喃喃道：

「這下可麻煩了。」

看到他這樣，我改用法語認錯說：

「我已向你道歉了一千次了，這個信息確實是有罪的……」

他抬起頭也改用法語。

「我實在想不通，你是一個作家，一個了不起的女人，你跟我講過的孤獨，你的殘奧會，你的外婆，這些都是你人性裡的光輝，是別人無法擁有的，但是你怎麼突然是這樣……」

我說對不起，這確實讓我「perdu la face」，丟臉。

「那麼，告訴我你最近究竟在寫什麼。」

他問得很堅定。

難道他真的知道我的行蹤？有誰會告密呢？女友A？還是別的什麼人，因為我也確實告訴過一兩個毫不相干的人。比如一個西班牙朋友，從「附近的人」上搜的，沒有見過面，但談得很知心。我還問過一個律師，問如果我這樣真名實姓的寫會有什麼結果，他告訴我這樣會侵犯了別人的名譽權。

他為什麼緊盯這個話題不放？是不是這一個多月來我不給他任何信息，他會認為沉默是刀呢？沉默有時比所有的聲音更糟糕。也許，聽不見我的聲音，他也別無選擇，只好在黑暗中徹底想像我的真實面容。他會一樣認為：狗急了也會跳牆。

我堅強地搖頭：「我沒有寫你。」

說完我抬起眼睛看他，他也看我，也許他看到了我眼裡含著的真誠和坦誠，他就信了。但是他又說道：

「那你肯定告訴了很多人，你肯定也告訴了你的拉小提琴的女朋友，這樣她又告訴她的男朋友，這樣很多人就都知道了。」

說到這，我的怯怯的心裡有了個底，他什麼也不知道。他憑的是直覺。

「你還是錯了，完全錯了，我誰也沒說，沒有人知道。」

「真的嗎？」

「真的。」

他一下就笑了，露出所有的牙，那麼開心，我從未見過他這麼徹心徹骨的開心，他似乎卸下了所有的負擔。那模樣完全是我們的一張合影上的表情。

他拿起一顆巧克力放到我手心裡。

我一邊吃一邊又想起了我們的第一次在這兒的見面。那天所有的事做完之後，「殘奧會」說完之後，他把我送到門口，用食指在嘴上做了個保密的姿勢。看得我發笑，這個食指能有什麼用呢？它是一根槍還是一把刀或是一隻野獸的利爪？我很難相信這是一個外交官，一個大使，這些年他究竟怎麼在女人的戰場上混下來的呢？

後來有好幾次，每次我要走時，他都用手指豎在嘴唇上。每一次我都笑。

他不應該是大使，而是一個詩人，生活在一個波光閃閃的幻覺裡。

倒在杯裡的可樂我只喝了幾口，他的酒也沒怎麼喝。這時只聽他說道：

「你要對我有信心，我的心在你那兒，如果長時間不聯繫，那只有兩個原因，一是工作忙，出差，二是家裡來人了，不方便。」

說完，他又握住我的手搖起來：「說定了，我們是永遠不變的愛人。」

因為他使勁地搖，我裸露的胳膊上的肉被甩起來了，兩邊搖晃著。這讓我羞愧不已。我反過來用力制止住他的手，不動，說：

「好，說定了。永遠不變的愛人。」

「永遠不變的愛人。」他說。

我們又開始碰杯。碰了又碰。

他笑了。我也笑了。

我們正式「建交」。我又一次強調說：

「那些難聽的話我只是那麼說一說，嚇嚇你，我永遠不會寫你，毀你。」

他點頭。

我問他母親怎麼樣了。

他說還是那樣，恍恍惚惚。

我說即使這樣她也能堅持著再活上個三年。

他問你怎麼知道，我說老人的生命力強大。

6

他站起來領我看他的新作。

他握住我的手，我們依偎著並肩向前。

靠在另一個沙發區域，陳列著一個小玻璃櫃，櫃裡安靜地躺著一個小小海螺，從小小海螺的肚子裡伸出兩隻耳機。

我問：這是小音響嗎？

我以為這真的能聽音樂。西歐總有一些新發明。

他笑著告訴我：「不，這只是一個創意。」

我明白了。但我盯著這個「創意」，我說它得有一個名字。

「名字？」

「對，名字，應該叫遊子吟——這樣，你就賦予了它一個靈魂。」

我把〈遊子吟〉翻譯給他聽，一個走天涯的遊子在吟唱自己的母親大海，這就叫——遊子吟。

但無論怎麼翻譯，中文的美感都無法傳達到他的感覺裡。

第二十七章

1

旗袍的扣子是他一顆顆解開的。

那是畫畫的手指，審簽重要文件的手指。白而纖長，殘留著些許顏料。我聞著手指間的淡淡顏料味，想起了很多年前看過的一本書叫《聖經》。那時我用年輕的嘴唇對著天空朗誦道：人是有原罪的，因為亞當和夏娃偷食了禁果。

2

但我有一種擔心，是否最終還是會和這個男人一刀兩斷，所有的一切不過是場「mirage」。陽光透過窗戶閃爍在他的臉上，頭髮上，我想起了我們的第一次，也是在這個畫室，最初的禁令沒有任何目的，只是被一種溫暖的需要溶解。他沒想到有什麼危險，因為他看過這個女人寫的書，他堅信這是個品相極高的作家。不會出賣他。

旗袍脫起來有點費勁，我向上豎起兩隻胳膊，像是在對未來歡呼。但我天生是個悲觀的人，他看出來了，叫我對他有信心，他說他就在這裡，就在大使館裡，日復一日，年復一年，長久存在。

兩隻靴子也是他脫的。男人給女人脫靴子，是從很多電影裡得知。這類男人都是聽話的男人，願意幫助別人的男人。

現在，紅色旗袍沒有軀體的支撐，軟塌塌地搭在椅背上，但有了紅色，一切皆有希望。

兩個乳頭也是紅色的，從毛茸茸的胸脯裡露出來了，靠近心臟。沒有人把它們從那兒拿走。我把舌頭頂上去，再轉動幾下，再用牙去叩擊。男人身上的零件說起來也就那麼幾樣，但怎麼就那樣繁瑣和複雜呢？儘管舌頭在向它們呼喊，牙也是，但還是感到衰弱和力不從心。

3

衣服就留在畫室裡了，我們都光著身走進了密室。裡面有一個早已打開的電暖氣。裝著油的玻璃杯子早就放在這了，它安靜地在床頭櫃上等待談判成功。

雖然油不是五彩繽紛，但很是沉著。

他像往常那樣擁抱起我。他的身子是熱的。

我想像著我還沒來之前，他就來過這兒了，先把油備好。

當然我就是為這油來到這兒的。

我躺在冷冷的床上。

形體語言不想再次描述，沾著油的富有彈性的手指附和著某些地方。屋裡的光線半明半暗，能看見他溫情的臉，聽話的臉。他雙手扶著床頭的牆面，移動著健美的裸體，懸坐在我身上，我臉上，我多嘴多舌地在「祕菊」上畫圈，我明確知道那起著微微波浪的漩渦是他長久以來關閉的心扉。我還是羞愧，替他，也替自己，但確切地說這是一種神經官能症，或是強迫症，不知從什麼時候開始，如果不這樣，我們就不算上了床，睡了覺。

但依靠我的經驗，這不叫做愛，或許他自己也迷失了，總被另一種事情耽擱了。他總是還沒來得及便瞬間噴射。

他必須精心策劃。

還有他睪丸上的那個「珍珠」，彷彿那就是他身上的信物，如同婚戒上刻著的忠貞的縮寫字母。

這時他說：

「要對我有信心，我是你的。」

能從他牙縫裡擠出這句話，著實不容易。

我輕易地下著決心對著他的「信物」說：「是的，是的，我永遠不會做傷害你的事。」

聽到這話，他躺到了我的身邊，雙手摸著我的臉，說：

「相信我。」

我依順地點頭。

吃葡萄的新年之夜冷靜地浮在我的大腦中，我想起了我的十二個許願。我想起「我和西班牙大使馬努威爾的情史是有些色彩的」這句話，我慚愧地感悟到這是罪惡的色彩。

不為別的，就為自始至終他對我的糊裡糊塗的信任以及常常豎在嘴唇上的那根可笑的食指。

最後當我們完事時，我問道：「你還記得我們第一次的見面嗎？在那個攝影展？」

他疑惑地看著我，問：

「那一次你對我是什麼感覺呢？」

「一個西洋景裡的男人。」

「為什麼？」

「不為什麼。」

「是我先開口跟你講話的。」

「不對，是我先跟你說話的。」

「因為我一直在看你。」
我想了想，又問：
「你不後悔嗎？」
「你呢？」
我把擁著他肚腩的胳膊收回來，獨自躺著，說：
「我不後悔，但是我難過。」
他的眼睛睜得大大的，盯著高高的天花板看。
「說實話，我也很難過。」
之後是我們長長的沉默，誰也沒說話。
似乎都在回憶鋪展在那個攝影展上的斑駁的炫目的日光。
接著他側過身把我摟在懷裡，只聽他用中文說道：
「腦海，苦海，苦腦。」
說完他就無聲地笑了，我也笑了。他說他學會了。
床很亂，床單是濕的，還油乎乎的。
我和他一起整理，到末了，是我用手指在枕邊畫了一個優美的枕頭的輪廓，我有意在末了向上翹了一下。看看下一次他約我時這「翹」處是否還存在。

我們回到畫室穿衣服。我渾身都是油和液體，但還是開始穿衣服了。總比洗冰水澡好。我也不想麻煩他跟他提熱水的話題。他又給我看了他的兩幅新作，他畫的都是海螺。他又讓我看了他的「苦腦」——原來他把它掛在畫室裡了。

我在這幅畫面前認真地站了片刻，絲絲扣扣的線條互相纏繞，人世間的苦痛和快樂，傷痕和沼澤、陷阱與陽光，誰能分得清？

關於它的黑白兩色，我說黑表示黑夜，白表示白天，他總是重申：白是過去，黑是新生。

他喜歡這種話題。

臨走了，他讓我再吃一顆巧克力。我說我不吃，他拿起一顆放在我手心裡，說：那就帶回去吃。

我的車鑰匙沒了，我茫然地站著，他也不知所措地幫我尋找。他說：

「有一個晚上你把化妝包丟在這裡，還有一次我約你星期天來，你卻星期六就來了。你始終迷迷糊糊的。」

我又想了一會，只有一種可能性：鑰匙就在車裡，沒鎖。

他看著我思考的樣子就笑了。說：

「我喜歡你迷迷糊糊的樣子。」

他開始穿一件長長的軍綠色棉大衣，這突然讓我聯想到歐洲將領的風姿。

我看著他把扣子一一扣好。

扣好之後摟著我一起向前走去。

有多少次，這隻手就一直在我腰間，摟著我來，摟著我去，幸福的感覺從腰部到腿部再到每一根腳趾，每一次我都悄悄吸著氣，我要把這種感覺全部吞下去。

德尼祿，你，也是這樣，你的手摟了我多少次呢？摟著摟著，就散了，走著走著，就沒了。

在大門內，未出去之前，他站住，像找到了方向似的再一次對我說：

「一定要記得我就在這裡，一定不要有任何懷疑。」

我溫順地點頭。他怕我不明白，又動情地把我摟在懷裡，嘴裡說：「我們能不能夠都不難過？」

他說著又摸摸我的臉，還有我的重又畫了深深眼線的眼睛。我沉浸在他的溫情裡，突然問：

「你恨我嗎？」

他看了我一眼，眼神複雜，但他搖搖頭。我解釋說：

「有時，某些情感是用傷害來證明的。」

到了門外，一眼就看到了我的車，它還在。他跟我一起走到車跟前，我打開車門，剛要坐進去，他問：「車鑰匙呢？」

我從座椅上拿出來，在他眼前晃了晃，他說：

「以後一定得記得，把鎖車變成一個機械行為。」

說著他還做了個鎖車動作。

我又一次看了一眼站崗的哨兵，這輛車同樣被使館保衛著呢。

還有，被男人愛過的身體會構成一種光體，會發熱，發脹，回到家，當我看到一堆齊刷刷的材料時覺得毛骨悚然。我感到這是我一生中最令人羞愧的事情，我的嘴有毒。

紙稿都燒了吧，電腦裡的也可一鍵刪除。

我要做他的好女人。

我一邊吃著他給我的巧克力，一邊真的開始琢磨關於外婆的題材。那個小小的個子，窄窄的臉，生過很多孩子，曾經是富裕的小姐，後來經常被我那參加了革命的母親諷刺和嘲笑，一直到外婆最後的死亡，母親還動不動奚落她的成分不好。

聽說我要寫外婆，母親拿張椅子坐在我面前像上了發條似的滔滔不絕，像在開批鬥會，有時激動得拿好幾張紙巾擦拭抑制不住的熱淚。

她說的那些事我聽了有一千次了，意思是外婆總是以各種各樣的方式迫害她，反對她自由戀愛，反對她自由婚姻，反對她出來工作，反對她讀書識字，到末了，還說：「你讀書又怎麼樣，識字又怎麼樣，參加革命了又怎麼樣了呢，不是踐嗎？還不是我用整田的玉米棒子把你全家救活了。」

說到這裡，母親總要說：「你看她有多毒，哪有親娘嘲笑自己的女兒的，還到處散布。她就想讓我丟臉。」

不過每當母親說到有些事情時我還是心驚肉跳。她說他們那時候家裡面砌圍牆，總要斷兩隻死人的手放在圍牆大門的兩側裡面，這樣強盜就進不來了，她還說他們那有一條河流，每架一座新橋，總把一對童男童女放在橋頭兩邊的地底下作為橋墩，活的，把他們各抱在橋兩頭的坑裡，大約也就八、九歲，給他們一人一個餅，在他們低頭吃餅時，突然蓋上蓋子，然後再填泥土，這樣這座橋就能保佑行人了。

但我也經常思考他為什麼要跟我和好「建交」的這個問題。

這個問題非常重要。以致我要花整夜整夜的時間去想。想得我頭痛，嗓子痛，渾身都痛。

他是喜歡我，想念我，需要我，還是害怕我？

前面三種我都能接受，哪怕只是想見見我而已。因為他不可能見一個他不喜歡的人。

害怕我嗎？我想也不是。如果真的是害怕，他會把我的溫度控制在三十七度以下，他就不會再一次失蹤讓我發高燒說真話。

但如果真是喜歡我，又為什麼至今一個字也沒有了呢？

這個問題猶如西班牙大使館門前的那棵樹令我壓抑難受，我還嗅到了濕滑黏稠的氣息。即使我緊閉雙眼，也無法逃避這些荒謬的被月光穿透的暗影。

第二十八章

高燒使我虛弱無力，頭暈眼花，我不想把這寫完，我希望寫到一半時又收到他的信息，邀請我去他的使館，然後再一次感動地回來後又一鍵刪除。我希望我的人生就這樣重複，我不覺得這沒有價值。只是還未回到老家的母親還以為我在寫外婆，每天還在激情地叨叨著過去的事。

冷森森的空氣跟母親的嘮叨一起循環著我，從我耷拉著嘴角的那副苦相就能知道這部「作品」給我帶來的駭怕。我冷漠地想道，我的身體也還可以用，由於長期高跟鞋的作用，腰是纖細的，結實的，胸部還沒有下垂，我的臉是絲一樣的光潔，當然，說不定全是光線引起的幻覺。

誰知道呢。

他隨時都會性情大變發一個微信來，讓我的「作品」隨時倒塌。我得趁他還沒有雅興之前，得趕快把這東西偷偷寫完，寫完之後，他會哭的，會摔倒的，一家子人都會哭的，哭成一團，我也會哭，但我還不得不勸勸那個有著棕色皮膚和甜蜜笑容的妻子：馬年，他的本命年，本命年出點亂子是正常的，如果鬆開他的鏈子，他會闖出更大的禍的。

這期間，還約過兩次，平均二十天一次。太長了，但這是他的節奏。二〇一四年三月十二日是我們的最後一次約會。

按理，四月一日又應該收到他的微信了，但是沒有。

二日也沒有。

三日也沒有。

四日也沒有。

五日也沒有。

直到八日，我想他是不是把手機丟了或是身體不好住院了。我試著給他發了一個：

很長時間沒有你的消息，你還好嗎？

他立即回了。

他說他最近很忙，他去了烏蘭巴托，廣州和上海，現在家裡人又來過復活節了，不過，又畫了幾幅畫。

接著他發來了兩幅新作。一幅是海螺，一幅是大海。非常美。

我不是隨隨便便主動給男人發信息的女人。

我怕打擾他們的興致。

即使再惦記，再想念，也得扛。

但這次，我想，我如果不主動發一個，他永遠也不會給我信息的。

我知道他的意思，他希望我站住不動，從此銷聲匿跡。

那麼這一次，根據他的回應，肯定的是：他沒有生病，手機也沒有丟。而且過得興高采烈。我還順便從他的畫裡窺望了一下他的世界，絕對是美好的，抒情的。

我甚至聞到了一股股醉人的顏料味。

我放心了。我感到陽光從他頭頂上瀉下來，光線非常強，在我眼睛的感覺中，那些閃閃的光斑柔滑地滲透到了他的身體裡。

我開始安心寫我的「材料」，我們都是悶著頭做事的人，我不會跟他說——你的行為不怎麼像是一個君子哎，或者是你要是再這麼不把我放心上，還這麼輕視我，我就要寫你了；或者是可以不見面但總得有個什麼平安信吧，等等，我是個有教養的人，我不出聲地悶在家裡磨刀，一點一滴的磨，也像他任何一次的咬緊牙關的射精，無聲無息。

只有這樣的人才能成大事。

第二十九章

1

他的妻子真的來了嗎？還有兩個可愛的兒子？尤其是那個要穿他爸爸衣服來我家和我約會的二十二歲的年輕人？

我問女友A到底哪一天是復活節，這個前丈夫是美國人的女人振振有詞地告訴我：

「三月二十一日，也就是農曆的二月二，是天上主管雲雨的龍王抬頭的日子，從這天之後，雨水逐漸增多，預示一年的好收成。這天也叫春龍節，也叫春耕節，也叫復活節。」

我笑了，這些日子我是很難笑的。去按摩坊時，女孩說我有了乳腺增生，是新出來的，鬱結所成。

我還得不斷去超市購買：油菜，維達捲紙，雞蛋，麵包，苦瓜，薄荷葉，檸檬……

要生存下去就得吃東西。吃完東西又得想：人活著到底為什麼。他究竟為什麼。按摩坊的女孩誠懇建議我在後背上刮痧，拔火罐，說我身上全是寒氣，我一口拒絕了，萬一他約我見面呢？

而且，如果再次見面，我一定要求他跟我做真正的「愛」。

關於我的手機，絕對不能離身的，更別說是丟失了。如果把手機貼在耳朵上，還能聽到細細的計時器的聲音，像是從幾萬年前的那些岩石上傳來的微弱喘息聲，這些喘息，如同記憶的編碼，一刻不停地朝著閃閃發光的銀河系奔去。

他也會把手機貼在耳朵上傾聽並接收那些虔誠而又痛心的喘息聲嗎？

2

曾於二月十九日，他發來要求見面的信息。

他穿著一件咖啡色皮夾克，年輕，英俊，加上他含蓄的眼神，充滿了雄性韻味的意味深長的磁場。我喜歡他這種穿著，而不喜歡他過去經常穿的一件黑色中式服裝，雖然深沉，但有老夫子的感覺。

德尼祿，你，也有一件咖啡色皮夾克，是在義大利買的，在我砸碎你的摩托車時，我還無數次地想把你這件皮夾克剪爛，因為你穿著它到處拈花惹草，腰還挺得筆直像一隻發了情的大公雞。你說你沒有，但是沒有女人不朝你看，再加上你的墨鏡，女人們已經完全不知是繼續走路還是上前直接跟你搭訕打招呼。有一次在一個餐廳裡，一個年輕的女經理拿著自己的名片給你，表面含義是下次訂餐時可以直接給她打電話。

你會意地朝她看了一眼，接過來，小心地放在衣服口袋裡。

還有一次你穿著它去銀行用歐元換人民幣，窗口小姐也給你留了電話號碼，還叫你別喊她葉小姐，直接「麗麗」就行了。

我覺得都是「皮夾克」惹的禍。這代表了力量和性感，對女人來說，這是一種無形的精神力炬。

此刻這個也同樣穿著象徵著力量和性感的皮夾克的男人，在他偌大的橢圓的會議桌上放著一張未完成的畫，下面是波浪式的大海，上面的空白處寫滿了「I must be strong.（我必須堅強）」。

猛地看到這個，我心裡一驚，他是軟弱的嗎？他為什麼好端端的寫這個？他在預防著什麼嗎？是寫給我看的嗎？這跟我有關還是跟別的什麼人有關？他在怕什麼？

我對他說：

「這些字母是不是從機器上列印下來的？這麼端正。」

他說是他自己手寫的。

我難以相信。這種相當於中國楷體的字母不是一蹴而就的，而得一筆一畫地認真地長時間坐著。這是菩薩在念經。

當他一邊寫時，一邊在想些什麼呢？於是我問：

「你為什麼要寫這個呢？」

他回答得輕描淡寫，他說：

「你不是說中國人沒那麼簡單嗎？他們的袖子裡總是藏刀的嗎？」

我一聽笑了。我說刀就在我的袖籠裡。

我一說完，他就用手狠狠地戳我的腦袋。他認為這是一句玩笑話。

3

當我們在畫室裡脫完上衣擁抱時，我緊貼他的胸脯。我跟他說我很想你。

這似乎是我的第一次赤裸裸的表白。

他說他知道，但是他得工作，還得畫畫。

我說我也知道。

當我們一前一後來到密室時，我看到那做的那個小記號，那枕邊的「翹」還在。

我突然很開心。

油也準備好了。

我開始脫身上殘餘的衣裳。他問要不要他幫忙。我說要。

於是他低著頭脫我的鞋，然後是褲子，當他輕輕將它從腰間褪去時，他抬起頭說你有一個美麗的身體。

過去他也這樣誇我。但每一次我都搖搖頭，作羞澀狀。

他的也脫完了。
我們赤裸著躺在一起。
我問西方女人做愛時會有什麼特別的行動嗎？
他說她們總是很主動地想出很多新花樣。
我問什麼花樣。
他笑了。沒有回答。
他問：
「中國女人呢？」
我說中國女人喜歡享受，由男人創造花樣。
「難道我沒讓你享受嗎？」他似乎有些委屈。
說著，他像往常那樣用手去沾那些油。我突然得寸進尺地對他說：
「我要做愛，正常的那種做愛，就是把男人的東西放在女人身體裡的那種。這才叫真正的『享受』。」
他似乎吃了一驚。我進一步引誘他說：那裡熱呼呼的。
我還用了「wonderful」這個詞。
就光這一個詞他都聽得幾乎透不過氣來了，好像奇怪的是我，而不是他。他輕聲地說：

「我們現在這樣，你難道不享受嗎？不也是美妙的嗎？」

我告訴他我當然享受，從收到你的邀請的那一刻起我就開始享受了，但，得要……得要更有價值的目標。

他一翻身趴在我身上，對著我的眼睛說：

「可是我更喜歡我們的這種方式。」

他說得很堅定。

望著他的臉，我不說話了。我們挨得這麼近，清晰地臉對著臉，彼此都能感受到對方吹拂來的呼吸，他的瞳孔裡發出微微的藍光。

我們都思考著，充滿矛盾和較量地看著對方。

這是我們第一次正面這個話題。

我心想他是不是承諾了某人——永遠不跟別的女人做真正的「事」？他曾說過他在畫那些大海時遇到過一些麻煩，這麻煩跟女人有關嗎？傳說海洋裡的海浪就是因為一段愛情錯誤而整日整夜地奔騰不息的。

還是他怕我懷孕呢？女人一旦懷孕，他就會徹底玩完。

他是不是這樣想的？

我不說話了，我得克制自己的情欲，不能強求他。
而且一個女人怎麼能大言不慚地要求「插入」呢！

這時他說：「閉上眼睛。」
我聽話地閉上眼睛。
他又細聲說道：
「心裡面想著我。」
我開始想他。我首先想到的就是他的潔淨蒼白的臉以及那雙凝重、詩意的眼睛，還有白色捲曲的頭髮，薄薄的嘴唇，還有那條總是碰撞在我身體上的黃金項鏈。他有著安靜的氣息。
在我閉上雙眼的瞬間，彷彿這一切都是一種安靜沉默的意象。

但是大使在白天時是什麼樣子呢？大使除了簽審文件，還要打領帶，著正裝，不斷接見各色人等，大使得說話，說話，說話，不停地說話……讓世間喧囂起來。

現在，終於可以不說話了。

默默地，那兩根沾著油的手指，先是放進了我的嘴裡。油沒有滋味，只有食指和中指是熱的，還有淡淡顏料的氣息，我吸吮著，玩味著，我的舌頭纏綿其間，巧妙溫順，但是一會，手指從嘴裡抽出去了，滴著水，順著脖頸，胸脯，然後慢慢向下，像在畫一幅畫熱的畫。這幅畫取決於感覺，結構和內容，儘管形式不重要，激情和快感還是絲絲縷縷地升騰起來。

畫畫的人的手指和關節都有張有弛，作為一門手藝，每個環節都不能失靈，前方後方，都得深諳其中的真實內涵……不能以數小時的時間去揮霍和浪費，否則得出人命。要有結構性變化。

於是他躺下來，再一次露出他的祕菊，情不自禁。他習慣了，我的舌頭也習慣了，就像習慣一枚被捣熱的戒指那樣。他把腿分得很開，並像女人那樣高高舉起。我的舌頭從大腿那兒，小心翼翼地迂迴委婉之後，開始毫無節制地向前游進。他露出滿意的笑容。

我也很滿意，因為他舉著腿的樣子就是一個軟綿綿的女人。

「69」——「soixante neu」，這個美麗的數字牽動著最後高潮。

高潮是和聲音連在一起的，但我壓抑著，不能傳到站崗的哨兵的耳朵裡。

床還是我和他一起收拾的。我像上次那樣，在枕頭旁給它做了個同樣的記號。

床上沒有棉被，只有這忠實的和窗簾布一模一樣圖案的床罩。

傳說有一些男人信了什麼教，跟女人做愛時得正面十三下，反面十三下，這樣就能圖個吉利。女友A說，當她跟那個「美國畫家」最後一次做愛時，男人也數著數，但嘴裡說的是：「一百元，二百元，三百元……」

我赤身裸體地猶豫著站在透明的淋浴房前，是洗還是不洗？我打開水龍頭，讓它嘩嘩流著，光影斑駁的水注只顧全身心地沖向地面，兩分鐘後，我用手試試，還是徹骨的冰涼。我猛地投身進去，哆嗦著，打著寒顫，但我知道我和他的液體在水的沖刷下，總有一天會匯入到寬廣的海洋裡。

回到客廳，他問我小說寫得怎麼樣，我用那根被愛撫過的舌頭說，目前還在寫外婆，寫那只傳了三代女人的獨特的樟木箱子，永遠散發著蛤蜊味。他認認真真的聽了一會，問：「你是不是寫得很激動，因為這是你的家族，你的血液。」

我說還好。

我又跟他講了一段我母親的妹妹的事。

也就是我的小姨。在她十幾歲時愛上一個男人，但這個人在某一夜突然去了台灣，沒丟下任何話，小姨就瘋了，得了花癡，不穿衣服，整天赤裸著身體，拿著這個男人的衣服聞，還到處哭說：你怎麼就這樣狠心丟下我呢，我還跟你有個孩子的，雖然死了，但我們也是有過孩子的，你怎麼就這樣走了呢。就這麼幾句話重重複複了兩三年，外婆用鐵鏈子把她拴在家裡，有一天鏈子斷了，她就打開門直接投進門外的一條大河裡，死了，撈上來時，還是赤裸著身子，那時她也才二十歲。那個男人在「台灣人可以回大陸探親」時第一時間回到那個地方尋親，才知道人已瘋了，死了，沒了。

馬努威爾問：「是你母親的妹妹呀？」

我說是的，這個故事我媽媽重複了一輩子了。我媽總說她打撈上來時，身子白嫩得讓任何人都掉淚，她不應該在這個年紀死的。我外婆暈厥了好幾次。

他沉浸了很久，想了想說：人類總是很悲慘的。

4

這天夜裡我做了一個夢，他突然把雪白的玉莖放進來了。他很熟練地抽動。這讓我大大吃驚：原來他會。我穿了一件白色的衫子，下面裸著。我側著身，閉著眼睛，但我覺得是夢，可我不想弄清楚，一清楚，人就沒了，那不斷抽插的東西也會不翼而飛。

我半醒半睡，玩了好一陣。

第二天他給我發來一個中國的書法字「馬」。他問我這是什麼意思。

我說這是中國的「馬」。

他又問有沒有腿。

我想到夜裡我的向前微曲的雙腿以及緊挨著我的他的糾纏不清的腿。

我說沒有腿，它是中國書法。

他問這是不是有點道教的意味？

我說看起來很飄逸，很自在，有點「道教」的感覺。但很現代，我很喜歡。

第三天，他又問我能不能幫他起一個中文名字，因為馬年是他的本命年，他想求一個能讓他平安和運氣的名字，以確保度過本命年。

確實，他怎樣才能有一個平安的本命年呢？

他有西班牙政府的保護，還有中華人民共和國的保護。再說了，二〇一四年的新年之夜，難道他沒有吃保平安的葡萄嗎？新年的第一天難道沒有放一塊金幣在身上嗎？按照西班牙的習俗，這些都是驅邪的。

我又一次盯著臥室牆壁絲巾上的馬，它是靈動的，高貴的，也是飄逸的，忠誠的。我不相信「神馬都是浮雲」。

我認真地給他起了好幾個名字，供他選擇，一個馬融，「融」為化解和驅除一切邪氣；二是馬行，「行」有兩重含義，一為行走，二是什麼都行、什麼都好的意思；三是馬道。

我甚至還給他起了一個叫「海馬」的意思，我告訴他在中國古代傳說中，「海馬」是救人的馬。

他說他有一個朋友，也給他起了幾個名字——馬望東，馬永畫，馬由西，馬重藝，馬重東，馬西文，馬文，馬萬里。

他問我對此是什麼感覺。

我說馬萬里還行。

他說起一個好名字很難的，讓我們再想想吧。我說，當然。

5

三月十二日，他發出這樣的邀請：

「你能晚上八點到我這兒喝點什麼嗎？我想聽聽你的感覺以及討論一下我的中國名字。」

那天晚上八點，當我準時到達時，我想給他發微信告訴我已在門口時，微信怎麼也傳送不出去。網路不行還是我的手機有誤呢。過去的那個值班室的矮矮的中國男人也在門口，他看到我，知道我在找誰，於是他就給他打電話。

他出來了，我說微信發不出。他說，是的，好像沒網路。

我們互相在對方的臉頰親了親，就走進去了。

使館的門又一次被關上。

他從廚房拿來了他喝的酒和我喝的可樂。我看到茶几上放著兩本書。他說都是送給我的。

一是畢卡索畫冊，另一本是伊莉莎白・泰勒的攝影。他說在國家博物館開了一個畢卡索的展。

說著他從手機裡給我看他在國家博物館時跟一些館長們的合影。

我看見他穿著深色西裝夾雜在一排人裡笑。

他說你應該去看看。

我說我在歐洲看了很多了。尤其是在巴賽隆納的那個展覽館，他說這不一樣，是他的版畫。

我想起自己在巴賽隆納時還看了許許多多關於達利的畫展，我喜歡達利。於是我問：

「達利和畢卡索，你更喜歡哪一個？」

他幾乎沒做任何思索，直接說：「我更喜歡畢卡索。」

我說：「那麼米羅呢？」

儘管他跟他們倆沒有可比性，但他還是回答我：

「我當然喜歡米羅。」

我告訴他我曾在巴賽隆納的米羅博物館裡，因為太喜歡米羅，買了幾雙印有他的畫的襪子，還買了一件印有畫的T恤，還買了一個包，價格很貴，但品質很差，襪子沒穿兩次就開洞了，那件T恤衫的線頭都在外面，能看見，沒法做紀念。

他笑了。說：「現在到處都是濃濃的商業味。」

我又跟他舉例子。在法國南方的教堂裡，也曾以買東西的方式來幫助他們，但是食品經常是過期的。

他拿起泰勒的攝影，說：「這是我最喜歡的女演員。」

我接過來翻了翻。

我說我更喜歡《飄》裡的郝思嘉，那個活生生的演員是骨子裡的風韻。

他點頭贊同。

我們還談了談赫本。

又談了談我外婆。他也談了談他母親。去年九十二歲，今年九十三了。

最後又談到了我身上的一件黑色披肩。他說太漂亮了。他又搖搖頭說：得保護動物。

當我們起身去畫室時又一次經過了會議廳，他那幅「我必須堅強」的畫幾乎完成了，在許多「I must be strong」旁邊又添了很多其他字母，它們重重疊疊在一起，但「I must be strong」依然很醒目。它是他的主題，也是他的咒符。

6

在畫室裡，燈光很燦爛，窗口對著外面黑黑的花園，當堅挺的男根從拉鏈處伸出時，我一邊舔著，一邊擔心窗口外面也許有什麼人在注視。我這種擔心他感覺到了，他說那兒沒有人，什麼也沒有。

我還是感到不安。

黑暗總令人恐懼。

於是他領著我站在了會議廳裡，四周被遮擋著，只有巨大的會議桌和桌上的他的那幅「I must be strong」。

他直挺挺站著，享受舌尖的顫動。

當我們終於到達密室時，我先看了看我原先做的那個「記號」，完全沒有了。

我們擁抱著倒在床上。

別人也上了這張床嗎？

「別人」也許是他的一個什麼朋友呢？偶爾小住一下。

或者也得洗洗床單什麼的。

床頭還多了一樣東西，那就是紙巾盒，兩邊床頭櫃，一邊一個。

而這邊的紙巾盒明顯少了一些，那邊的完全是滿的，一張不少。

以前盛著透明油液的玻璃杯也沒有了，替代它的是一瓶搽臉油。綿羊油類型。

他打開蓋子，從裡面挑出一些，塗抹在某個部位。

我發現手法也變了。

再接下來，程序完全打亂。

他忘了他懷裡的究竟是哪一具了，他忘了這一具或那一具的特質。

相同點或不同點有些混亂。

頭髮的色彩和他的眼神也有些不協調，就如我此刻的口紅和指甲油大庭相徑一樣。

但這些都不要緊，因為他不是我的，就像這張床不是我的一樣。

我的舌頭依然款待著他胸脯上的小小花蕾那樣的乳頭。

當他完事小憩時，我側身向著他，一邊像往常那樣，用手指在他赤裸的肚腩上，反復地畫著「腦海」、「苦腦」等，一邊睜著眼睛，看著牆壁，想：

馬不能總在一個地方吃草，他應該在更嫩或更新鮮和更陌生的草地上吃草。中國是個地大物博的國家，資源豐富，「在其三十四年的職業生涯中，馬努威爾到訪中國高達近二十次，為兩國經濟貿易做出卓越貢獻。」

而且大使館雖然漂亮，浪漫，但它不應該是籠子，誰也不應該是他的籠子，無論是他的妻子還是我，都得明白事理。

我想，任何女人，只要這張床認為合適，那麼有什麼錯呢？

我成功地飛越了。

那麼，他不跟我插入，但跟別的女人呢？如果也一樣不插入，那些女人會怎麼想呢？

還有，她們也像我一樣從不讓他知道而默默承受著無情的冷水澡嗎？

我關好衛生間的門，進入了淋浴房。我不在乎那冰一樣的水是怎樣又一次暴力般地包裹我的肌體。我緊閉雙眼像潛入了漆黑的海底，手捣胸口，想，他究竟遇到了一個怎樣的女人？在哪認識的？怎麼認識的？什麼時候認識的？

但無疑，她是美的，年輕的，她是一隻美天鵝。僅憑這點，就足以讓我哭泣一百次了。

7

我穿好衣服，重又親眼目睹這個客廳，我突然想起我第一次來這兒的時刻，那時我在想我怎樣才能用特殊的辭彙來描述使館的美感？現在我明白了。除了沙發，桌子，燈光，最深沉的美感是從地毯裡，牆壁上，門框中滲出的。除了原有的向著花園的窗子，四個用深色木框鑲邊的方形鏡子也是這個客廳的窗子，就像眼睛是靈魂的窗口一樣。

它們什麼都看見了，它們把我的影子映在裡面，把我的情，意，苦海，腦海，什麼劇烈的場面都映進去了，即使是我的已被摧毀的身軀，它們全都泰然處之。

我知道了這四面鏡子就是使館裡的「攝魄」品。

我走到其中一面鏡子前，入迷地給自己重新上妝。我畫了眼線，又塗了口紅，再用手拂了拂凌亂的頭髮，又覺得口紅太淡，不夠紅，便又加重了塗，好像在流血，然後又覺得眼線不夠黑，又往黑暗處畫，又撲了些白粉，酸甜苦辣都在上面了，算是費盡心思，但這種重整了妝容的落魄——一碗過了期的麻辣燙也不過如此吧。

我又走到他的海洋旁邊，斂聲屏氣地聽著那潮聲，像在做彌撒一樣向它們哀號：無論如何，請不要讓我們解散，因為當愛在海的那一頭無法在身邊停留時，海的痛苦就會刻骨銘心。

海無邊無際，海在漂泊，海掩蓋一切。海不是黑就是白。他曾貼著我的耳邊輕輕告訴我說：這就是我的海。

這時他拿出一份列印好的他的中國名字的名單，問我哪個好。馬望東，馬永畫，馬由西，馬重藝，馬重東，馬西文，馬文，馬萬里。這些都是他的一個懂中文的西班牙朋友給他起的，他說他這個朋友現在發福了，身材走樣，特胖。但他們倆特好，有什麼不懂的他都問他。

我盡量靠近他，臉幾乎貼在他的臉上，我發現他臉上細小的變化，他刮光了本來就稀少的鬍子，使得臉在柔和的燈光裡蹭蹭發亮，跟我的重妝比起來他像是一隻無毛雞。

我看著他遞給我的白紙，我原先給他起的馬融，馬道，馬行，海馬，也都在名單上。

最後我給他一個建議，叫馬努威爾，或馬諾，這是他名字的中文發音的前兩個字。

他似乎很喜歡，讓我把這兩個字用鋼筆寫在這份紙上。他解釋說他要在中國舉辦一個畫展，想用一個中國名字。我說那還不如就用你的姓——瓦倫西亞，或你自己的名字——馬努威爾。他問為什麼。我說中國人喜歡外國名字，不喜歡中國名字。

他一聽笑了，說：「我希望我的畫展很特別，因為我的身分是藝術家裡的大使，是大使裡的藝術家。這樣的人才很少。」

他很得意。像小孩子。笑盈盈地。我癡癡地望著，想：這樣的男人怎麼捨得跟我訣別呢？

我說，如果哪一天做畫展，展名就叫「海之緒」吧，sea mind。海之緒，海的情緒，海的思緒，是海用密密的波浪把記憶縫住，否則對於丟失的還有什麼希望能找到呢？

我又告訴他，「緒」是活的，是滾動的，是矛盾的，是靠不住的，是海在最墮落的地方找尋自己的靈魂。我記得有一次在家做飯時，突然發微信對他說：實際上你所有的海都應該叫腦海。

他回說：對的，這樣就賦予了海許多含意。

當時也許他正簽審文件。也許他正開著會。是充滿鹽分的海水讓我們在任何時候都進入狀態。

8

當我終於走出使館時，月亮又一次在我們頭頂後面。碰上滿月的時機很少。我們都回頭望著，又一次用法語一同喊道「la luna」。

使館門前的那棵粗壯的槐樹在月影下娑婆著枝條，月光從那漏下來，落在地上，斑斑點點，站崗的哨兵主動把門前的鐵柵欄打開。

我的車停在使館北面的小馬路上。他一直把我送到車跟前，才道別分手。我手抱兩本他送我的畫冊，朝他高高的背影，看了又看。

還有懸掛在使館上空的那輪明月。它在做著烏雲不瞭解的夢。

還有那棵樹，我曾在夢裡緊緊抱過它，因為一到春天，在這個樹根旁，就有很多花冒出來，還有層層疊疊的綠葉覆蓋著樹枝，像我第一次來這兒時見到的那樣。

他每天都在這棵槐樹旁進進出出，陽光照著他呼出來的白色氣息。他沒有腳步聲。他知道這是什麼品種的樹嗎？還有那輪月亮，他是不是早就知道滿月繃得太緊，就會筋疲力盡？喘息，呻吟，不正當的拚命手段，電路走火，保險絲是不管用的。

三月十二日也是西班牙的火節（法耶節）。從三月十二日到三月十九日，在那個瓦倫西亞的城市，人們開始焚燒玩偶，每天都要狂歡到第二天早晨。我在法國時，曾有一個法國人向我描述西班牙過火節的情景，他說無論是老人還是小孩，沒有人在家睡覺，早晨五點鐘時，街頭還沸沸揚揚到處擠滿了人。

這個男人說話的表情我依然記得。尤其是最後一句時，他瞇起眼睛，向著前方，好像那裡真的有很多人瘋狂地在跳舞，在拜火，在雄壯地唱著《鬥牛曲》。他後悔他是法國人而不是西班牙人。

在法國，確實有很多人嚮往西班牙，他們覺得法國很枯燥很壓抑，總是談政治談遊行，不像西班牙那樣熱情和狂野，他們決心移民，但到了第二天，前晚的酒勁消了，再沒人提起移民的事。

如果不是酒精的緣故，在他們心底裡，西班牙人似乎還是農民了點。

我後來在網上查到他的資料，這一天，也就是三月十二日的白天，在我晚間到達使館之前——

中國的西班牙語之母的「瑪麗亞・萊塞亞研究中心」在西班牙駐華大使館揭幕。西班牙大使馬努威爾在揭幕儀式上說：「瑪麗亞・萊塞亞是中國西語教育的領軍人，她為中國打開了一扇通向西班牙以及拉丁美洲的窗戶。」

他還說，正是由於瑪麗亞・萊塞亞的努力，中國培育出一批優秀的會說西班牙語的外交家，老師，學者，使得中國與西班牙能夠不斷增進相互瞭解，打下友好合作的基礎，因此以她命名這個研究中心，讓更多的年輕人認識並瞭解她。

我又看了看他之前的活動。

「西班牙駐華大使馬努威爾在畢卡索展覽開幕式上表示，畢卡索系列版畫是二十世紀最重要的版畫作品，反映了畢卡索孤獨而複雜的獨特人性。這些作品是畢卡索創作力爆發期的代表作，作品類似私密日記的創作語言深入探究了自己內心深層的矛盾和衝動。」

四月十二日他還就足球談了些看法。

「西班牙駐華大使馬努威爾指出：足球的親民性有利於中國企業融入國際圈子，

打破中國製造無處不在，中國品牌無跡可尋的困局。」

都是些官場上的話。

哪一種更真實呢？是蹲在半明半暗的畫室創作的那個人，還是在密室追求「69」形態的人？

也許都不是。但有一點肯定的是，他那乾乾淨淨的模樣，到了七十歲，八十歲，甚至九十歲都不會變。他是永遠的翩翩君子。

猶太人的祈禱書很多都是用西班牙語寫的，銀光閃閃，想必西班牙語也和法語一樣悅耳動聽吧？甚至是更優雅的音節，就像從長滿橄欖枝上飄來的悠遠的吉他聲，也像是他從大海那邊發出的呼喚。

我還學會了做西班牙馬鈴薯餅：將切好的白洋蔥炒至半熟後，加入馬鈴薯片、鹽、胡椒一起炒熟，冷卻後加入雞蛋，攪拌，再放入鍋中，正反煎成餅狀。可熱吃，也可冷藏後吃，配咖啡配酒都行。關鍵是要掌握好馬鈴薯和雞蛋的比例。

但有人不懂比例，沒有比例就沒有平衡。馬鈴薯多了就攪拌不動，雞蛋多了就變成了雞蛋餅，而不是以馬鈴薯為主的西班牙馬鈴薯餅。

他那已九十三歲的母親沒教會他吧。

他也應該知道一失去平衡世界就會傾斜，人就會被拽出去。

第三十章

1

四月二十日的復活節過完了，五月份了，使館門前的槐樹以及那些花兒都開始野心勃勃了嗎？

並不是說見面才是重要的，或者什麼也不說，發些他的畫作，透過畫作，也能看見他的「攝魄」的目光。

二〇一四年五月十七日夜裡，我突然從床上坐起來發微信問他：

你認為你不理我有意義嗎？我不這樣看，從三月份我們的最後一次見面開始，我就知道你已有另外的女人了。

上午十點，他回說：沒有。我家裡人在這裡。工作很忙，我很累。

我明白了，原來他很累。但我想問問他：我們還是不是永遠不變的愛人？

於是我緊接著又發了一條，但是字卻寫成了這樣：

「有些事情我知道得很清楚。」

發完之後我就顫抖著心臟等他的回音，看他怎麼說。總得有個說法。但他沒有回，我守著窗外的槐樹，等了一整天，一整夜。

最後我只有狠狠哭了一場。因為我這樣的糾纏又在他心目中留下了卑劣的印象。

我哭了又哭，我覺得已徹底玩完。

或是我應該讓他像我在法國養的那隻名叫保羅的鳥，任牠飛呢？

但哪怕是鳥，牠也有三聲訣別的悲鳴。

現在是六月了，依然沒有他的消息。

那張「I must be strong」那幅畫已經徹底完成了嗎？他應該把這張畫放在哪呢？他樓上的臥室嗎？他每天對著它在心裡默默誦讀多少遍呢？是三遍還是三十遍還是三百遍？當一個人有著這樣的信念時，連死都不會害怕的。因為裡面充滿了馬德里鬥牛的血腥。

去年的六月八日是在他使館見的第二次，然後是六月十六日，六月二十三，然後是他妻子的到來，直到八月二十七日再次踏進使館。然後是九月十三日，十月六日，十月二十六日，十一月五日，然後就是鬧矛盾的日子，直到他大年初一的再次出現。

二〇一四年二月十八日。

二〇一四年三月十二日。

這些是什麼日子呢，是災難還是幸福？還有一些其他的日子我不羅列了，因為我不是清楚的記得。但肯定的是以上那些日子我不想錯過，無論是夢幻還是現實，在使館門前的鏡頭裡，都有我那經歷了一次次高潮的變了形的面龐，以及他送我出去的魔幻的身影。

2

現在，我情願再一次收到他的信息還是不情願呢？

我知道我自己，如果他再一次發來那樣的沒有一絲熱氣的外交字母，我會連鞋也來不及穿就赤腳奔到他的床頭，醉死在他冷酷而甜蜜的懷抱裡，他的熱氣只存在於他的身體裡，我會一絲絲吸出來，他的乳頭是同意的，當然，我還會堅持讓他做真正的「愛」，我已想出了新的妙招引誘他。這不是開玩笑。只要他喜歡，什麼都可以。但不管怎樣，我得趕在他聯繫我之前把這東西寫完。如果它是一部純正的小說我會在最後結尾處心如寒灰地把那對乳頭咬掉。但這不是小說。乳頭完好無損。咬掉的情節只能想一想。現實生活裡，它們永遠逍遙在他的筆挺的西裝革履裡，它們被保護得好好的。它們在不同的舌尖下玩味這個世界，只有這樣才能消解孤獨帶來的巨大傷害。

3

二〇一四年六月二十五日這一天，我的朋友程昕東先生邀請我參加他坐落在798的「程昕東藝術空間」的一個活動。

這一天，天氣很悶，天空不斷壓著幾片烏雲，似有雷鳴，似有陣雨，當我舉棋不定地和我的女友艱難到達時，裡面擠滿了社會各界名流。幾位法國人正緊張地守候在門口，說是法國前總理也馬上駕到。

我進了大廳，向裡瞭望，一眼看到了那個身材高挑的名叫馬努威爾的大使先生。他穿著一件白上衣，正和身邊的一個女人神采飛揚地說著什麼。氣氛很是熱烈。

我的心突然「啪啪」跳起來。

這時端著酒杯的他，剛好朝我這邊望著，我偏過了臉，裝著沒看見他。但當我再次向他看去時，他已迅速轉過身，把背朝向了我。

顯然他看到我了，顯然他不想看到我。

於是他背過身去。

他認為他只要背過身，我就不認識他了。

他的背高大深遠，優雅出眾，具有標誌性。他不知道他的背同樣是「攝魄」的，也同樣讓我心馳神往。

這是一個中國畫家嶽敏君作品跟法國葡萄酒跨行合作的大型酒會。我拉著女友的手說，走，我們去見一個人。

他仍饒有興趣地說著什麼，因對方個矮，他不得不把頭向下勾著。

我大著膽子，一步一步走著，路很長，我覺得我置身在一個電影場景裡。我穿著一件暗花連衣長裙，像任何一個女人出席在某個大型聚會那樣時尚性感，優雅得體。

當我慢慢地走越人群，終於不聲不響直徑站在他面前時，只見他向我抬起兩眼，立即裝出高興和熱情的樣子，向我介紹他身邊的女人，他說她是歌唱家。

我禮貌地朝他們倆點了點頭。

只見他淡定地向這個女人介紹我的身分：一個作家。

然後就當我不存在一樣，他重又勾著頭和這個女人繼續著他們剛才的話題。這個女人有多低，他的頭就勾得有多低。他是位親切和藹的大使。脖子上依然是那條閃著光彩的性感和激情的綴有古玉的黃金項鏈，胸前那一小片細密捲曲的雄性的毛髮散發著淡淡香水味。頭髮近看是灰白的。遠看是純白的，跟他的白襯衫一樣白。

我想起他上次跟我說的那句話：我很累。

這句話不太屬實呢。起碼現在不。他渾身香噴噴的，到處生機盎然。

我和女友站在一旁，並不走開，我在等著他接下來怎麼做，接下來是不是得把頭放回肩上面，也親切和藹、激情四溢地跟我說些什麼，比如這捉摸不定的陰霾天氣，比如葡萄酒，比如畫，他是大使，他得說話，哪怕是一句。

我期盼地站著。

但是，他沒有，不一會，他挺直身子，看也不看我，好像不認識我，獨自端著酒杯，朝著我來的方向，緩緩走去了。

瞬間我明白了，他只對我累。面對我，他只有厭倦，疲憊，想要躲藏。

法國前總理來了，party 正式開始，程昕東先生在台上致開幕詞。在他冷靜而激昂的聲音中，高高的馬努威爾正站在我剛進門的那個地方，看著我，而我站在他原先的地方，看著他。貓和老鼠互換了位置。

他在想什麼呢？他總是不出聲地做事。我瞬間想到了他一向推崇的「69」姿式。6和9既然能互相交融，也更互相對峙。

接下來是前總理的發言。

接下來是馬努威爾的悄然離場。

前總理的發言很有意思。所有人都拍起了手。我也拍著。我一邊拍，一邊想：他為什麼要走呢？其實他可以不用走，不用那麼早離開，他可以繼續在這裡流光溢彩，做大使，做橋梁，為中國和西班牙的友誼做貢獻。因為處於弱勢的我，不會像電影裡的美國女人、德國女人、義大利女人、西班牙女人那樣，上去抽他一耳光的，因為無論是激情，無論是身體狀況，還是對於記憶仇恨的強度，我都遠遠不如她們。

親愛的馬努威爾，你可以把我活埋在你的花園裡，那是我們第一次午餐的地方，是我們第一次一起欣賞繚亂的北京柳絮的地方。如果我死了，對於死人所犯的錯誤和罪惡是不需要任何人赦免的。但無論你怎麼看，我都會以一種幾乎神奇的力量坦然地去忍受生活。只要你不採取措施，不捆手腳，不塞嘴巴，我就會挖空心思像女友A那樣，每天把上等衣服拿出來穿，每天都把自己打扮得漂漂亮亮的，搽脂塗粉，甚至還會把皮膚出奇不意地烤成小麥色，也一樣買一支玫瑰色口紅，讓所有經過我的人即使不是神魂顛倒，也能流連忘返。堅持下去至關重要。如果能夠，其實，人們已經不僅從這部「作品」裡看到了美豔孤獨的充滿著光與影的使館，也看到了絢麗複雜的三里屯，還順便從這裡零星讀出了外婆、母親和我這三代女性的夜半悲歌。你知道。你親耳聽過。不用另外再寫了。你說過這樣的小說很有商業價值。

你的嘴唇，你的嘴唇，說過很多很多話，就在那一個個看似平靜的日子。

在生意興隆的美侖美奐的「Nigas」六樓酒吧陽台上，在電擊般的樂聲中，我對剛剛從外地演出回來的女友A說：打蛇打七寸，可是我這樣做是不是太狠毒了？

女友A說：「你也不能太傷心，男人就是這樣子的，今天愛，明天就不愛了，他雖說是大使，雖說是藝術家，但跟我遇到的那些鐵石心腸的男人一模一樣。」

我說不一樣。

「一樣。」

「不一樣。他是愛我的。」我怒吼道。

她聽我這樣說，似乎突然被導彈襲擊了一樣，嚇一跳，她不說話了。但是僅僅沉默兩分鐘，她又說：

「他，也和在三里屯混的外國流氓一樣，也和幾百年前包法利夫人所愛上的情人們一樣，風流成性，善於勾引，馬車裡鬼混，叢林裡縱欲，酒店裡偷情，也許你們不一樣，但不一樣的僅僅是使館裡的偷情，環境變了，但一些事物不變。女人的痛苦不變。」

我突然冷笑。我說：「從來沒聽你說過這麼深刻的話。」

她看了我一眼，以絕對的怨婦的口吻對我說：

「人家來中國就是玩玩中國女人的，誰也沒當真，是你自己當真了，是你自己情願的，自找的，你也不能怪別人呢……人家沒有愛，人家只想玩完一個，再玩下一個……我的一個朋友是德國人，也就是一個汽車公司的普通工程師，他來北京十年了，平均下來，每年都睡一百個中國女人……」

她又說：

「而我們還以為看見愛情了呢，到頭來你看看，什麼結局？如果你不相信，你現在就可以拿鏡子照照你自己的尊容，你已經瘦得皮包骨了……而他，沒准，就是那個興致勃勃的德國人呢……」

說完她笑了。她笑得出來。

我怒視著四周，燈光淹沒了我因為仇恨而已發紅的雙眼，我只想把還在喋喋不休的女友A的臉一腳踩爛，然後把她扔到樓下去，聽一聽那骨頭斷裂的清脆的響音。

但我忍著。看著周圍野草般密集在這裡的正在調情的中國女人。她們堅強地站著。她們全都是錐子臉，高鼻梁，大胸脯。高跟鞋也讓她們離天空近了些。我瞭解這些野心勃勃的積極的祭獻品們，她們並不完全是精神空虛者。她們像榨汁機那樣要從男人身上榨出些類似保險絲的東西，哪怕僅僅是一絲一毫的動物般的熱氣……她們是毛想飛的集體幻想家。

女友A看我始終不說話，又獻計說：

「如果你真的為他難過，就換一個名字寫他？」

我突然痛苦萬分，「騰」地站起身來，拎起包，大步離她而去。

5

我重又走在那條三里屯的人群密集的後街裡，這是一條湧動的閃著光波的暗流，河流上飄蕩著各種各樣的虛無縹緲的「進口語言」，我的臉也是一塊隨波逐流的浮萍。許多許多年前，人們沒有指南針，也不懂得經緯定位，外出的人們不知道自己在哪裡，但他們只要看一看天上的星星，就能找到回家的路，就能在家裡的燈光下翩翩起舞。

我霍然站著，我的出路在哪裡？茶花女得肺癆死了，安娜・卡列尼娜臥軌死了，像我這樣的區區女人還能被達爾文進化到哪裡去呢？

我側過頭，只要再右拐一下，穿過太古區，再跨過一個十字路口，就能到達安靜的使館區了。如果再按順序均勻走過八棵槐樹，就能看到那個肅穆莊嚴的大門和靜靜站立在門裡面的那個第九棵槐樹，有士兵直挺挺守護著。那裡陰暗的馬路上灑滿了兩邊樹上掉下的白碎花兒，車輪呼嘯著壓著它們，每一次都把它們碾得更碎更髒了。就算這樣，總有另外一些花在枝上更香更芬芳。

誰是輪齒，誰是碎花，樹是知道的。樹不歡迎我。

但我有刀。有那把曾經勇敢地戳穿摩托車的歷史悠久的刀。

我像找到了出路一樣豁然笑了。

我想，我必須再把玩一次，否則它就生鏽了，否則我就生鏽了。這個故事必須再亮晃晃地來那麼一下才會刺進真正的高潮裡。人生總得有幾個回合。

何況我已多次提醒過他，中國人的袖籠裡始終是藏刀的。

八棵槐樹默默排成隊伍。表面看似獨立，實際上根都是連著的，根是結實的，強大的，無法破陣的。我只能放輕腳步，不讓任何一片葉片把我暴露。我的影子又細又長地夾雜在黯淡的樹影裡，月影裡，若隱若現，緩緩地，怯懦的，走過第三棵，第四棵，經過的人和事是無法推倒重來的。就在我快接近第八棵槐樹時，我停下了，這麼快就走到了第八棵，我還想再走走，但是如果我再大膽朝前跨一步，站崗的哨兵就會發現我。他首先會先聞到一股鬼鬼祟祟的發酸的味道。

我躲在陰暗裡，突然害怕了，顫抖起來，由於害怕和緊張，黃豆大的汗珠從額上滲出來。我還想繼續向前走，但我腿軟，渾身軟，和地上的碎花一樣軟，再不能呻吟或喊叫。半輩子過去了，手生鏽了，如果有刀，刀也只能地刺在自己身上，刺在那已經失去彈力的正在凋謝的大腿上。

現在，在曾經放刀的袖籠裡是一串純潔的白色珍珠項鏈，德尼祿，如果你真的有靈魂，趁站崗的哨兵沒把我趕走之前，請趕快過來看一看，即使是黑夜，你也可以看得清清楚楚，喏，這是你從威尼斯買給我的，我沒有捨得戴，一次也沒有，它是新的，美的，那麼現在，如果我配，我就想掏出來，雙手呈給他，讓他轉交給他九十三歲的媽媽，儘管她已老得神情恍惚，但也能認識這是一串被鮮血浸染的是被菩薩開了光的被上帝允許的項鏈，用來保佑和祈禱她的風度翩翩的兒子，還有那位有著高尚教養的一頭金色捲髮的他的妻子，祝他們幸福，美滿，健康，永不被災難所恐嚇，永不被中國女人的苦難所毀滅。

黑暗沒有看到我的傷口，樹也沒有，當然更不會看到我的大腿，誰也沒有，它們廢了，但它們仍癡心不改，它們仍斗膽向那個哨兵身後的第九棵槐樹走去。

儘管樹後面的那扇發光的大門早已緊緊關上。再沒有人出來，風度翩翩地將我從黑夜中領走。

6

但不管怎樣，故事講完了，德尼祿，那些承載著比鑽石還珍貴的祕密的柳絮，是怎樣從他的使館，他的花園，他的畫室，他的「密室」，他的「祕菊」，還有他的牆壁上的令人心醉的二十二幅畫裡，毫無羞恥地飛出去了。雖說它們被逼無奈，不飛不行，但它們確實是在復活節的指引下，也在中國春分的認真啟發下，呼啦啦沒遮沒攔地赤裸裸地粉碎般地擁向更寬更廣的天空，不管它們是撒旦的種子還是天使的翅膀，對於它們的潛在的駕馭能力，再發達的科技也得退避三舍，自愧弗如。

何況是那個叫馬努威爾的西班牙大使呢。

它們冬天不飛，為的是要在春天飛得更亂更猛更纏綿，它們也知道這一飛，就飛上了絕路，什麼都完了，不可能有柳暗花明那一說。

INK PUBLISHING
文學叢書 436
大使先生

作　者	九　丹
總編輯	初安民
責任編輯	鄭嫦娥
美術編輯	林麗華
校　對	九　丹、鄭嫦娥
發行人	張書銘
出　版	INK印刻文學生活雜誌出版有限公司 新北市中和區建一路249號8樓 電話：02-22281626 傳真：02-22281598 e-mail：ink.book@msa.hinet.net
網　址	舒讀網 http://www.sudu.cc
法律顧問	巨鼎博達法律事務所 施竣中律師
總代理	成陽出版股份有限公司 電話：03-3589000（代表線） 傳真：03-3556521
郵政劃撥	19000691 成陽出版股份有限公司
印　刷	海王印刷事業股份有限公司
港澳總經銷	泛華發行代理有限公司
地　址	香港新界將軍澳工業邨駿昌街7號2樓
電　話	852-2798-2220
傳　真	852-2796-5471
網　址	www.gccd.com.hk
出版日期	2015 年 4 月　初版
ISBN	978-986-387-020-3

定價　280元

國家圖書館出版品預行編目(CIP)資料

大使先生／九丹著, -- 初版. --
新北市：INK印刻文學, 2015.02
264面；14.8×21公分. --（文學叢書；436）
ISBN 978-986-387-020-3（平裝）

857.7　　104000850